煩悩カフェ

酒井順子

幻冬舎文庫

あなたの心にも、
隣の人の心にも。
甘くて苦い煩悩は巣食う。
煩悩カフェに、ようこそ。

目次

煩悩カフェ

「ボーイフレンドの手帳を盗み読みしたい」煩悩

「盗む」。……悪い行為だとはわかっていても、盗みが成功するとゾクゾクするような快感に襲われることがあります。大人になった今、金品の「盗み」をする人はあまりいませんが、皆が日常的にやっているのが、「盗み読み」ではないでしょうか。

電車の中では、隣に座った人の週刊誌をつい、盗み読みしてしまう。中には隠しながら読む人もいますが、そんな時は、こちらが悪いのに「ケッ、度量の狭い奴だ」などと思ったりして。

盗み読みの中で最も楽しいのは、「私文書の盗み読み」です。たとえば高校時代、隣の席の友達が必死に隠しているテストの点数がチラッと見えてしまった時、その点数が低ければ低いほど、ハッピーな気持ちになりました。また私は、友達の手帳の中身が少し見えただけでも、何か非常にプライベートな一面を覗《のぞ》いてしまったようで、興奮したものです。

しかしまぁ、何といっても最も心が躍るのは、男女が絡んだ場合の、私文書の盗み読みでしょう。それも、「男女」の「女」が自分だったりする時、その興奮は最も高まるもの。

たとえば、どうも自分のボーイフレンド（もしくは夫）が浮気をしているのではないか、などと思ってしまった時。女性の気持ちは、「騙《だま》され続けるのはクヤシイ。本当のことを知って思いっきり傷ついてみたい」というマゾっぽい気持ちと、「嘘でもいいから彼が言うことだけを信じていよう」という理性的な気持ちの間で、揺れることになります。

もちろん、後者寄りの行動をするのが、恋愛理論的には正しいのです。女性雑誌の身の上相談コーナーに投書すれば、「下手な詮索は禁物。そっとしておけば、彼はあなたのところにいずれは戻ってくるハズ」という回答が出るに違いありません。

が、しかし。そこで「彼の言うことを信じるの」となるようでは、女とは言えませんやね。ドロドロした部分をたくさん持った普通の女性であれば、必ずや彼の本当の行動を、探ってみたくなるもの。

そこでムクムクと湧いてくるのが、「彼の手帳を、彼がいないところでコッソリ読んでやれ」、もしくは「彼の携帯電話の履歴やメールを見てやれ」という思想。プライバシーの侵害だということは、百も承知。そして自分にもし同じことをされたら激怒するであろうことも、わかっている。でも、そういう時の「読みてぇ……ッ！」という気持ちは、理性で抑えられるものではありません。

かくして彼女は、行動に出ます。たとえば彼とお泊まりに出かけた時。彼がすっかり寝静まった頃をみはからって、そっと寝床を抜け出す。彼のバッグを静かに探り、見慣れたバインダー手帳をゲット。彼が起きないようにすり足でトイレに行き、ドアはしっかり閉めて電気をつける。既に、心臓はドキドキしている。

まず、スケジュールを書き込む部分を開く。

「先週の日曜日、あの男は『法事だ』などと言っていたけど……。あっ、なんだこれは。『十四時、ユミ』だとぉ？　ざけんなよぉ……ッ」

と、血圧は一気に上昇。

さらにページをめくってみると、日記らしきものが綴《つづ》ってある部分も発見。一瞬、「さすがにこれを読むのはヤバイかも。自分の首を絞めるよなぁ」と思うけれど、目の前に小さいつづらと大きいつづらがあったら、思わず大きいつづらを選ぶのが人の常。もちろん、読んでしまうわけですね。

すると、「ユミと箱根へ」とか「結構、スタイルがいい」とか、ものすごい記述を発見してしまったりするのです。額に浮き出た血管がピクピクしているのを感じることでしょう。さらに読み進むうちに、箱根に行った時のものらしきレシートなども出てきて、怒りはピークに達します。自分の頭から音をたてて蒸気が出ているような気がして、思わずトイレのレバーを押して意味もなく水を流してみたりする。

トイレを出て、そっと手帳をバッグに戻すのですが、もう怒りと興奮のあまり、眠れたものではありません。「読まなきゃよかった」とも思うけれど、本当のことがわかって爽快でもある、妙な気持ち。

一人暮らしの女性の場合は、彼が自分の家に遊びにきて、シャワーなど浴びている時に急いで盗み読み、という手もあります。この時はもっとドキドキ感は強い。なにせ、限られた時間のうちに、できるだけ刺激の強い記述を発見しなくてはならないのですから。手帳をめくりまくる手つきはまるで、宝石箱からめぼしい品を探す空《あ》き巣のよう。そして浮気の確証となる文を発見した時は思わず、

「ヤッタ！」

と叫びたくなるのです。

……が、しかし。盗み読みが楽しいのは、ここまでです。朝になって彼が起きてさた後、もしくは彼がシャワーを終えた後。そこには非常にチグハグな空気が流れることになる。

女性、つまり盗み読みをした方は、当然ながらメチャクチャ機嫌が悪くなっています。顔つきは凶暴になり、意味もなく男性に当たり散らす。しかし男性は、朝起きたら、もしくはシャワーを終えたら突然、彼女の機嫌が悪くなっているという状況。彼にはその原因が、サッパリわかりません。

こんな状況においても、たいていの男性はノンキなのです。自分の手帳を盗み読みされるなどとは夢にも思っていない。

「どうしたの？　もうすぐ生理なの？」

などとトンチンカンなことを言い出し、怒りに油を注いだりする。

女性側も、怒りをどこにぶつけていいものかわからず、困惑します。「どうしたの？」と聞かれても、

「おめぇの手帳を盗み読みしたんだよッ」

とはさすがに言えない。

「胸に手を当ててよく考えてみなよ」

と、曖昧《あいまい》なセリフを吐くしかないのです。いよいよ耐えられなくなってくると、女性が怒りながらも突然、

「箱根に行きたいなぁ」

とか、

「ユミちゃんって、可愛いよね。アタシなんかやめて、ユミちゃんと付き合えばいいのに」

などと意味不明のことを言い出すのですが、それでも男性はまさかバレているとは気づかないで、ポカンとしている。ああ、つらい……。

そう、盗み読みもやっぱり、盗みは盗み。「いくら盗み読みしたって、減るもんじゃなし」と言ってみても、ヤッてしまった後のつらさは、悪事の報いというものなのです。

さらに「盗み」は麻薬と同じで、習慣性を持っています。一度、盗み読みの興奮を知ってしまった後は、いくら「後がつらい」とわかっていても、何回も繰り返してし

まうことが多いもの。そう、これも女の業《ごう》ってやつなんですね。一度盗み読みに手を染めてしまったあなたはおそらく、一生盗み読みの興奮と後悔との狭間《はざま》で、苦しむことになるのでしょう！　頑張れ、ヌスミヨミスト達！

「写真を撮る時、後列に並びたい」煩悩

ほとんど全ての人は、「私はとっても写真写りが悪い」と信じているものではないでしょうか。もちろん私もその一人。自分の写真を見る度《たび》に、「実物はもっといいのに！　なんでこんな変な顔しか写っていないんだろうニャー！」と、頑《かたく》なに思っております。

しかしそんな私のことを「写真写りが良い」と言う人もいる。ということは、その人が見ると私の実像というのは「写真以下」。そして私が思う私の実像というのは「写真以上、それもかなり」。両者のギャップというのは著しく、いかに人は（っていうかアタシが）、自分の容姿を見る時に冷静な判断力を失っているかがわかるのです。

そんな私も、他人が、

「私って、写真写りが悪いのよね」

と言っているのを聞くと、内心「そんなことないのに」と思うもの。しかし、

「えっ、全然そんなことないわよ。いつも写真のまんまよ、あなたって」

と言ってしまうのも、せっかく「本当の私は、写真よりも美しいのだ」と思っている相手を傷つけることになります。

より美しく、写真に写りたい。これは、今を生きる私達にとっては、非常に重要な命題なのです。写真が、記録や思い出のために存在するものではなく、自分が孤独ではないことを証明するための証拠品として利用されるという風潮はさらに強くなってきましたが、もう一つ「自分や他人の容姿を確認する道具としての写真」という役割も、大きくなっているのです。

写真というのは、何人かで一緒に撮るということも多いもの。となると、写真上での「容姿」には、一緒に写真を撮った人の中においての相対評価が下されることになるのです。そこで私達は、

「写真、撮りましょうよ」

という何気ないかけ声から、シャッターが押されるまでの短い間に、より良く写るために、実に様々な神経を遣わなくてはなりません。

とはいえ、たかがスナップ写真を撮るくらいで、髪形を整えたり化粧を直したりと

いうのも、こっ恥《ぱ》ずかしい。「写真写りのことなんて私、全然気にしていないんです」という態度を、できればとっていたい。

その時に行なわれるのが、熾烈《しれつ》なポジション争い、というやつでしょう。「私は顔の左側から撮られる方がいいの」という人は、さり気なく列の左端をキープする。逆の場合は、右側に。

中でも最も激しく狙われているのは、二列になった時の「後列」です。写真を撮る時、前の方に立っている人と後ろの方に立っている人では当然、後列に立つ方が顔が小さく見える。その位置を皆、狙うのです。

「小顔に非《あら》ずんば人に非ず」という風潮の今。たとえ可愛く写真に写っていようとも、誰かに、

「でもこの人、顔が大きいよね」

と言われてしまうと、少々の可愛らしさなど、何の意味も持たなくなってしまうほど。写真撮影時の小顔対策を怠って、うかつに大顔の証拠をこの世に残してしまうと、後で大変な後悔をすることになるのです。

とはいえ、小顔は一日にして成らず。一体、どうしたらいいのだ……となった時に、

最も効果的かつ簡単な方法が、「遠くのものは小さく見える」という法則を利用し、後方の位置取りをするということ。

　やり方は、いたって簡単。ですが、

「私は顔が大きいので後ろの方に立ちたい」

と正直に言うことも、憚《はばか》られるもの。そこで、

「どうぞどうぞ、あなた前に行きなさいよ。私は後ろでいいから」

と、「遠慮深い人」のフリをして、後列に行こうとするのです。しかし相手も「後列の方が顔が小さく見える」ということを知っていたりすると、

「いいわよいいわよ、あなたこそ前へ」

「本当にいいんだってば」

と、譲り合いを装った激しいポジション争いが行なわれ、結局は押しの弱い人が負けることとなるのでした。

　さらなる「小顔写真テクニック」も、あります。それは、自分が後列にまわるのはもちろんのこと、一緒に写真を撮る仲間うちでも最も顔が大きい人を前列に立たせ、かつ自分はその人の後ろから顔を出す、というもの。

ただでさえ顔の大きい人が前列に立てば、当然写真ができあがった時には、「ものすごく顔の大きな人」になっている。その人のすぐ後ろに立つことによって、さほど小さくない自分の顔を、少しでも小さく見せようという魂胆です。

比較対照物としての「大顔の人」がそばにいれば、その写真を誰かに見せた時も、

「あら、あなたって顔が小さいわねぇ。だってほら、この人とこんなに違う……」

と、見られることも可能。

さらに顔というのは、真正面を向いて写真を撮ると、なおさら大きく見えるものです。どうしても真正面を向かざるを得ないポジション、つまりは「前列中央」に大顔のお友達を立たせ、その斜め後ろからちょっと横向きの顔を出す……というのが、究極の小顔写真テク、といえましょう（ただしカメラ通の人に聞いた話によると、口径の小さなレンズを使用したカメラの場合は歪《ゆが》みが出るため、端の方に立つほど顔が大きく見えてしまうとのこと。小さなカメラで撮る時は中央に立とう！）。

そう、「小顔マスク」だとか「小顔に見えるファンデーション」など、しょせん気休めでしかないのです。幻想の小顔を求めて無駄なお金を使うくらいなら、小顔の真価が問われる写真撮影時の、素早いポジション取りの方が、ずっと有効というもの。

写真に写った姿は決して実像ではないのに、時として実像以上に、人のイメージを左右してしまいます。写真に脚が細く写っていれば、その人は「脚が細い人」として認知されるし、写真で二重アゴに写っていれば、その人は「太っている人」と思われてしまうのです。

プリクラを撮る若者達を見ていると、彼等にとってこの現実がいかにシビアかを、理解することができます。彼等は、「友達がいることの証明」として、仲間同士でプリクラを撮るわけですが、プリクラを撮る瞬間の彼等は、完全に「個」としてしか存在していません。つまり、「どうしたら友達と仲が良さそうに写ることができるか」などということはどうでもよく、「いかにして自分が美しく写るか」ということしか、考えていないのです。

まず、写る前に鏡を取り出し、化粧直しと髪形のチェック。そして、あのプリクラ機械を取り巻くビニールのビラビラの中に入り、お金を入れたりフレームを決めたりしつつも、「どんな表情をするか」ということで頭はいっぱい。

プリクラにおけるポジション取りは、カメラで写真を撮影する時よりもさらに熾烈です。さり気なく、しかし確実に力を込めて友人を押し退《の》け、自分にとっての最適ポジションを得ようとする。表情ではちゃんと、プリクラ用のキメの笑顔を作っているので、まるでビラビラの内部では、にこやかな格闘技が行なわれているよう。シャッターが押され、「キャンセルしますか?」の表示が出ます。「アタシはこの顔でオッケーッ!」と思っているのに、

「アタシ、この顔は嫌ーっ。キャンセル!」

などと言う友達がいると、「おめえはどう撮ったってたいして変わりゃしねぇんだよっ。余計なことすんな!」と、どつきたくなります。しかしそれもグッと我慢。やっとの思いで撮り終わり、ビラビラの外に出て、待つことしばし。完成品のプリクラが、ポトリと出てきます。それに群がるお友達は、やはり自分の姿しか見ていない。

プリクラは写真に比べて、より回覧率が高いものです。見える場所に張りつけたり、見せっこし合ったりもする。つまりは自分の知らない場所で、知らない人から見られることが頻繁にあり得るメディアなわけです。

であるからこそ、若者達は自分の「プリクラ写り」に執心する。特に今の若者達は、幼い頃から、自分の姿をビデオで撮られることに慣れています。子供の頃から、ビデ

オであれ写真であれ、「いかに写るか」ということに、細心の心配りをしてきたはず。そんな子供達が大きくなると、もはや自分の実像がどう見えるかよりも、証拠になって残る映像や写真の像がどう見えるかの方が、大切になっているのではないか。

電車の中で化粧をしたり、ブラッシングしたりする女子高生は、ハタで見ているとみっともないものです。しかし彼女は、「いかに写るか」だけを考えているのだから、実像がどれほどみっともなくても、どうでもいいのだと思う。

電車の中で、大きな鏡を覗き込む女子高生達を見ていると、まるで「どう撮られたら私は最も美しく見えるか」を熟知している手ダレの女優のよう。

「私は写真写りが悪いから」

と自分に言い訳をしまくって何の努力もしない私としては、決して彼女達と一緒にプリクラを撮りたくないなァと、思うのでした。

「変な人を見た時に『あの人って、変』って言いたくなる」煩悩

世の中には、「変な人」がいっぱいいるものです。私が最もよく変な人を見かけるのは、電車の中。不特定多数の人々が押し込められる電車の中では、否応なく他人のことが目に入ってくるのですが、なぜか普通に街を歩いている時よりも、「変な人」の発見率が高いような気がするのです。

変な人と一口で言っても、色々な人がいます。化粧の仕方が変な人。酔っ払い方が変な人。服装が変。眠り方が変。独り言が変……と、実に様々。もしかしたら自分自身だって、自分では気づいていないかもしれないけれど変な人の一員かもしれません。

電車の中に、変な人がいたとしましょう。たとえば女装した男が、堂々と電車に乗ってきて、席に座ったとする。その時、そこにはある種の磁場のようなものが発生します。女装している男本人以外は、全員が「この人って、変……」と、確かに思っている。視線も興味も、その男のところに集中し、それまではバラバラだった乗客全員

の「気」が、女装男が座っている一点に集中するのです。

変な人が電車の中に一人でも存在する時、乗客達の気持ちには不思議な連帯感が生まれます。すなわち「この人って、変……。それに比べて、私はなんて正常なのだろう。今ここにいる限り、私は『ごく普通の人』として、この『変な人』を眺めていることができるのだ！」という安心感と優越感に、乗客が包まれるわけですね。

子供の世界でも、一人の子を「変な子」にすることによって、その他の子が「あーよかった、ボク達・アタシ達は普通の子」と安心するというシステムがありますが（「いじめ」とも言う）、それと似ています。

しばらくたつと、乗客の心の中には、欲求不満のような気持ちが生まれます。自分の胸の中でくすぶっている、「あの人って、変！」という気持ちを、近寄ってジロジロ見るとか、誰かと分かち合うとかして、もっとよく味わいたくなるのです。

恐れを知らないおばさんであれば、たとえ一人で乗車していたとしても、あからさまに眉根《まゆね》をしかめ、「何なのだ、この人は？」という顔をして女装男を眺めることでしょう。しかしここは都会。そして乗客それぞれの胸に「私は都会の乗客」という自負があったりする。変な人がいるくらいで珍しそうにジロジロと眺めるのは、都会風ではありません。「もっとよく見たいーッ」という本音を抱えながら、表面では「あんまり興味無いっス」といった顔をつくるため、フラストレーションがたまってくるのです。

誰かと一緒に乗っている時は、話が別です。女友達と二人で、電車に乗る。目の前に、なんだかひどくダサい服装のブスが乗っていたとする。しばらくはお互いに、「ああ、ブスだな……」「ダサいな……」と心の中で思っている。その気持ちが段々と熱してくると、もし相手がこのブスに気づいていないのであれば、相手に教えてあげたい。そして一緒にそのブスさ加減、ダサさ加減を嚙みしめたい……という気持ちになってくるのです。

とうとう、悪魔の誘いを断ち切れなくなる時間がやってきます。どちらからともなく小声で、

「あの人って、ブスだよね……」

「ものすごいワンピース着てるよね……」

「ピアノカバーみたいだよね……」

と、ボソボソと語り合ってしまうのです。

この手の悪口というのは、言っている時はとても楽しいのですが、同時に「アタシって、悪人」という気持らにも襲われるものです。それは、口に出すか出さないかの差なのです。もしかしたら周囲の乗客全員が、「あの人、ブスだなぁ。その上、ダサいなぁ」と思っているかもしれないけれど、思っているだけでは、罪にならない。思っているだけの人の胸には、罪悪感も湧いてこない。

しかし「隣の人と、確認し合いたい」という欲求に負けて、「ブスだよね」と言ってしまった瞬間に、その人は罪人となるのです。思ってるだけでも同罪だろう、と、いつも我慢しきれず口に出してしまう私は思うのですが、どうやらそれは違うらしい。

本人を目の前にして「ブスだよね」などと言い合うのは、なかなかスリリングです。恐れを知らないおばさんであれば、相手をジロジロと見ながら、明らかに陰口を叩いている感じの口調で話すことができるのでしょうが、やっぱりここは都会。陰口を叩くにしても、相手にはそれと悟られないように、スマートに叩かなくてはなりません。

この時、一番大切なのは、視線です。スマートに陰口を叩こうとする場合、陰口の対象を見ながら話してはなりません。たとえ声をひそめていても、ある人をジロジロ見ながら話すのでは、「今、陰口を叩いています」と言っているようなもの。ブス本人のことは最初に十分観察しておいて、おもむろに視線を友人に移してから、「昨日食べたおいしいアイスクリーム」か何かの話をする時のような顔で、会話をしなければなりません。

声のトーンにも、注意する必要があります。必要以上にヒソヒソ声にしてしまっては、陰口らしすぎます。ヒソヒソと話すのでは、ブス本人に「アタシ達は今、アンタの悪口言ってるのよ。アンタみたいなダサいブスは、自分がどれくらいみっともないか、気づくべきなのよ」と言っているようなもの。そんな意地悪なことは、してはなりません。

そもそも陰口叩くってこと自体が十分意地悪だろう、と思われるかもしれません。しかし悪口とは、自分達で楽しむために言うものであって、相手を傷つけるために言うのではない。電車の中で見ず知らずの人が相手の場合は、なおさらです。極力、「あの人達は今、私のことを笑っているのではないかしら」と思わせないようにするのが、大人の陰口道というものなのです。

ですから声も、普通の会話よりも、少しトーンが低い程度がベスト。だいたい、子供の頃から悪口・陰口に親しんできた人というのは、対象との距離を測ることによって「これなら相手には聞こえない」というギリギリの声のトーンをはじき出す計算式が、身体《からだ》の中に叩き込まれています。悪口を言いたい相手との距離を目測することによって、瞬間的に「これくらいの声で話せば、陰口だと思われない」ということがわかるのですね。

対して「私は、正しい人。他人の悪口なんて言わないわ！」と信じ込んでいる人の場合は、「ジロジロ見ながらのヒソヒソ話」をしがちなのです。その手の人は、なにしろ「自分は正しい」ので、陰口を陰口だと思っていないところがあります。「変な人」は悪人なのだから、正しい「アタシ」が何を言おうと罪にはならない。マ、本人に直接聞かせるのはナンだけど、コソコソ言うならいいでしょう、という感じ。ああ、自信って恐ろしい。

なーんて、他人のこと言ってる場合じゃないんですけど。

悪口・陰口というのも、うまく言うことができれば、精神衛生上とってもいいもの。相手に迷惑をかけず、サッパリと言いたいものだとは、思います。

「『アイプチ』を使いたい」煩悩

一重まぶたの人というのは、たいてい、

「アタシ、一重じゃないのよ。奥二重なのよッ！」

と、激しく主張するものです。私の目もすごく小さいのですが、これも奥二重（↓と、このように「自分は一重まぶたではない」と言い張るわけですね）。

日本においては、まぶたは二重で、目は大きいほど可愛いとされる傾向があります。大きな瞳を持った女の子は、小さな頃からみんなに「カワイイ、カワイイ」と言われ続けて育つのです。

二重まぶたの女の子は、性格まで明るくて愛らしいと思われ、一重まぶたはキツいとか暗いとか思われがちなもの。一重もしくは奥二重の女の子達は、二重の女の子の姿をジトッと見つめ、「アタシも二重になりたいなァ……」と願うのです。

中学生くらいになると、一重もしくは奥二重の女の子の間には、一つのデマが流れ

ます。それは、

「一重まぶたでも、十五歳になるくらいまでの間に、自然に二重になる人がいるんだって。ほら○○先輩って、前は一重だったのに今は二重になったと思わない？　授業中もずっと、シャープペンで二重のラインのところを押さえてたら、本当に二重になったんだって！」

というようなもの。この手の肉体に関するデマは、まぶたに関するもの以外でも中学生時代に流れがちです。

「今胸がない人は、高校生になると急に大きくなるらしいよ」

「今太ってる人は、高校生になると何もしないで痩せるらしいよ」

「今下っ腹が出ていても、二十歳《はたち》過ぎると、自然にへっこむらしいよ」

……等々。

自分の肉体の醜さに悩む女子中学生は、このデマを信じることによって「こんな私も、じっと待っていれば、いつかすっごく美しくなるんだ！」と、醜いアヒルの子のように夢を見るのでした。

もちろん、やっぱりデマはデマ。十五歳になっても、一重まぶたが二重まぶたになる傾向は、全く見られません。心の片隅で、「でもいつかは自然に二重に……」という希望を捨てずに持ちながらも、彼女はついにあるものに手を出してしまいます。

そう、それは「アイプチ」。まぶたの上に薄く塗り、二重にしたい部分をちょっと押さえて目を開くと、アイプチが糊《のり》の役目をしてまぶたが二重になる、という化粧品のようなものです。

中学時代、私の友達にもアイプチ使用者がいました。しかし彼女は、アイプチを使用しているということを周囲にカミングアウトしていなかった。だからいつも、

「あの子って、アイプチなんだよ」

などと、陰でコソコソと言われることとなった。私も、陰でひっそりとアイプチを使用している彼女の姿を想像すると、何か湿った、暗い空気を感じたものです。

私もくっきりとした二重まぶたには、憧《あこが》れました。しかし、アイプチには手を出せなかった。「嘘の二重」という部分に後ろ暗い感じを覚えたのと、アイプチを使っているのが他人にバレた時が恐かったからです。「アイプチを使ってまで二重になりたがっている人」と思われる恥辱には、耐えられそうにありませんでした。

そんな私も実はその後、アイプチを使用してしまったことがあるのです。あれは大

学生の頃。女友達四人と、ハワイへ遊びに行った時のこと。中の一人が、化粧ポーチの中にアイプチを持ってきていました。そして、鏡に向かいながら、

「アタシこれ、時々使ってるのよ」

と、実にあっけらかんと人工二重創作作業を行なっているではありませんか。それまでアイプチというと、暗くて恥ずかしいものという印象があった私は、彼女を見て驚きました。「自分の顔に誇りが持てない人が手を染める、整形手術にも似た恥ずかしい手段」としてではなく、化粧の一環としてあっけらかんとアイプチを使用していたからです。私も彼女の姿勢につられて「そんなに堂々としている人がいるなら私も……」と、つい、使用してみたわけですね。

するとと、目はとてもパッチリとしました。

「こりゃーエエわ！」

と、有頂天になった私。それからハワイにいる間じゅう、アイプチを使い続け、お陰でその時の写真の私は、どれも目がパッチリしているのです。

が、しかし。ハワイという開放的な旅先では開放的に使用することができたアイプチも、帰国してみるとやっぱり「恥ずかしいもの」でした。それ以降、アイプチを使

用することなく、今にいたっている私です。

今、スーパーの化粧品売場を歩いているとたまにあのアイプチの姿を見かけます。「ああ、アイプチって、まだあるんだ……」と思って通り過ぎようとすると、「またアイプチを使って、あのクッキリとした二重になってみたい……」という欲求が心のどこかで湧き上がり、足を止めさせ、手に取りそうになる。

もう一方では、それを必死に押し留《とど》める声も聞こえます。

「アンタ、そんなに自分の顔に自信がないの？　もう三十年もその顔でやってきたんじゃないの。人工的に手を加えて二重まぶたにするなんて、そんな恥知らずなことはやめてちょうだい！」

と。それを受けてもう一方では、

「何言ってんの、別に整形手術を受けるわけじゃないんだし。ほんの遊びじゃない、あ・そ・び。ハワイを思い出しなさいよ、あんなに目がパッチリになったじゃないの。あの目にまたなれるのよ……」

と誘惑する声がし、また、

「その根性が気にくわないのよ。自分の顔は天からの授かりものよッ。その顔をいじるっていうのはねぇ、天に唾《つば》するってことなのよ！」

と激しく対抗。

結局私は、自分の中の反対勢力の声に押されて、アイプチを手にとることをやめます。もし本当に欲しくなったとしても、レジにアイプチを持っていってお金を払うというのも、妊娠検査薬を買うのと同じくらい恥ずかしい行為ですし。

プチ整形が流行《はや》ったりして、整形に対する抵抗感が少なくなっているとはいうものの、それでも人は、整形手術を受けた人にあまり良い感情を持たないようです。

「親からもらった顔をよく変えられるよな」

とか、

「子供が生まれたら、その子は整形前の顔にそっくりだったりするんだよね」

とか。

私自身も、口では「整形した顔って絶対に見てるとわかるよね」などと言いつつも、実は一度はアイプチに手を染め、またその誘惑に苦しむ身。整形手術を受ける人達のことを馬鹿にはできないのでした。

先日、女子高校生向け雑誌を読んでいたところ、人気読者モデルが堂々と「アイプチを使っている○○ちゃん」と、紹介されていました。「アイプチ使用」はもはや、隠したい経歴ではなくなったのか？……そうだとすればそれはそれで、「もう少し恥ずかしそうにしろっ！」と言いたくなってしまうのは、「二重になりたい」という願望にどうしても湿り気を感じてしまう世代のひがみってやつなのでしょうか、やはり。

「ミニスカートの中が見たい」煩悩

私が高校生だった頃、ルーズソックスはまだまだ流行していませんでしたが、スカートをウエストの部分で折り、ミニにしてはくという技は身につけていました。学校は私服だったのですが、Vネックセーターにチェックのスカート、そしてハイソックスという格好が定番。皆があまりスカートを短くしてはいているので、学校の先生は、

「スカートは、お辞儀してパンツが見えない長さにすること！」

と叫んでいたのでした。

ミニスカートをはく女性の中で、「できるだけ短いスカートをはいて脚をさらけ出したい」という攻めの気持ちと、「でもパンツは見せたくない」という守りの気持ちは、常に表裏一体となって存在しています。特に、ナマ脚にソックスの女子高生は、タイツやストッキングを着用しないので、パンツもずばり、「ナマ」で見えてしまう。パンツが見えないギリギリのミニ丈を発見するのがまた、難しいものでした。

ミニスカートを着用する当人達は、パンツが見えないようにと必死に気をつけているのですが、ミニスカート女性を見ている周囲の人の中には、違う思惑が存在します。つまり、ほとんどの人が、「どうにかしてスカートの中身、つまりパンツが見たい！」と念じているのです。

これは、男性特有の気持ちではありません。同じ女性同士であっても、そこにミニスカートがあれば、「中を見たい」と反射的に望むのが、人としての常。

「アタシはそんなこと、望んでいませんッ」

と主張する方も中にはいらっしゃるでしょうが、そんな人でさえ、ミニスカートがチラッとめくれている女性がいたら、絶対にパンツが見えるかどうか、確認してしまうはず。別にエッチなことをしたいとか下着フェチとかではないけれど、そこにミニスカートが存在すれば、中が見えることを期待するという気持ちは、人間の本能に近いのではないかと思うのですが。

もちろん私も、その一人。駅で超ミニスカートの女性を見つけると、階段をのぼる彼女の後ろに何気なくついていってしまう。そして「いつパンツが見えるか」と期待して、チラチラと上を向くのです。

しかし、駅の階段でミニスカートの中のパンツが見えることは、滅多にありません。あとほんのちょっと角度が違えば絶対に見えるのに、ギリギリのところで見えない。駅の階段は、人間工学か何かを応用して、意識的に「ミニスカートの人がのぼってても、背後からパンツを覗き見ることができない角度」を設定しているのではないか、と思われるくらい。そのパンツの見えなさ加減には、私ですらノラストレーションを感じるくらいなのだから、世の中の男性はさぞやイライラしているのではないかと忠うのですが。

思わぬ僥倖《ぎょうこう》に巡り合えることも、たまにはあります。それは、風が強い日。春一番の時とか、台風が間近の時など、ピュウピュウと音がするほど風が吹いている日は、「スカートの中」を見る良いチャンスです。

私も女子高生時代、風の強い日は大変に苦労しました。私達はプリーツスカートをウエストの部分で折り曲げて超ミニにしていたのですが、プリーツスカートというのは大変に風を孕《はら》みやすい構造をしているのです。風が強い日は、外に出ている間じゅう、スカートの裾を押さえていなければなりませんでした。

風がおさまったと思っても、油断は禁物です。風は一時的におさまっているだけで、急に突風が吹くこともある。そんな時、気を抜いて押さえていなかったスカートは、ものの見事にめくれ上がりました。それも裾がチラッとという可愛らしいめくれ方ではなく、ほとんど全方位的にめくれるので、渋谷の交差点でマリリン・モンロー状態になったりしたものです。

今の女子高生は、大きめサイズのセーターを上から着て、プリーツスカートの裾をセーターの重みで押さえたり、またプリーツスカートの裾に鉛を縫い付けて重しにしたりしているようですが（これはウソ）、あの時の私達にそんな知恵はなかった。

最近、風によってスカートがめくれた女子高生を目の前で見たことがあります。信号待ちをしていた女子高生のところに突如、一陣の風が吹き、そのスカートがまるで生きものであるかのように、めくれ上がったのです。女子高生のパンツが突然視界に入ってきた瞬間は、まるでパチンコでフィーバーをアテた時のように、ドキッとしてしまいました。

もちろん彼女はあわててスカートを押さえましたが、時すでに遅し。彼女は真っ赤な顔をして、信号が青に変わった途端に小走りで去りましたが、彼女の後ろに立っていた人全員、彼女のパンツを目撃してしまいました。目撃者一同の顔が、一様に幸福そうだったことは、言うまでもありません。

なぜ、私達はミニスカートの中を見たいのか。……というと、スカートというのは、ちょっとどうにかすれば中が見えそうな「幕」だから、なのです。「鶴の恩がえし」のお話からもわかる通り、「見るな」と言われると見たくなるのが人の常。そこに幕があれば、「中はどうなっているのだろう？」と、中を見てみたくなるのが、人間としての自然な感情というものなのではないか。「どうぞ見て下さい」状態になっている女子テニス選手のアンダースコートが、見えてもちっとも嬉しくないのは、そのせいでしょう。

スカート及びその下に隠されているパンツというのは、きれいにラッピングしてあるプレゼントと似ています。ラッピングというのは、もらい手に「これを開けて中を見たい」という気持ちを起こさせるために行なう行為であり、リボンは決してきつくなく、端を引けばハラリとほどけるように結んである。

ミニスカート姿の女性というのは、そのリボンを尻にぶら下げて歩いているようなものなのです。誰にでもリボンの端を引けそうだ、と思わせておいて、実は誰にもリボンを触らせない。そしてラッピングの中身がとてもいいもののように思わせる。

さらにミニスカートというラッピング方法は、隠しているくせに「こっち見てん♡」という主張も、同時に行なっています。ですからいくら、

「いいえ、私はただ脚を見てもらいたいだけであって、パンツを見せたいなどという気は毛頭ありません。第一、パンツを隠すためのスカートはちゃんとはいていますし」

などと言われても、

「そんな理由は通用しないんだよッ。それだけ短いスカートをはく時はなァ、パンツの一枚や二枚、皆さんにお見せする覚悟で街に出てこいッ！」

と、つい乱暴に反論したくなってしまう。

とはいえ、もしも女の子達が、「あーそうですか」なんて開き直って、ワカメちゃんのようにパンツを堂々と見せて街を歩くようになってしまっては、私達は面白くないのです。

「なんで隠さないのだ！　女なのだからせめて隠すフリだけでもしろ！」

と、また怒りだすことでしょう。

この問題に関して、私達は永遠の堂々巡りをするしかないのです。必死に隠されて

どうしても見えないようだと、イライラして怒る。かといってあけっぴろげに見せられても、覗き見る醍醐味《だいごみ》が得られなくて、怒る。それがわかっていても、ミニスカートの人がいれば、そちらを見てしまう私達……。ああ、本当に人間って、バカな生き物です。

「映画館で、前の人を殴りたい」煩悩

映画館において、座高の高い人というのは、それだけで罪人であり悪人です。座高そのものに罪は無いけれど、無自覚にその座高を振り回すという行為は、明らかに罪なのです。

私は、映画館における「前の人運」がありません。「前の人運」というのはつまり、自分の前の席に座る人がどんな人であるか、という運。私の前の席にはたいてい、著しく座高の高い人が座り、それほど身長が高くない私は、映画を観るのに四苦八苦しなければならないのです。

早めに映画館の席についた時は、「どうか前の席に人が座りませんように。座ったとしても、座高の低い人でありますように」と祈るのです。しかし、その祈りが通じた例《ため》しは無い。空《す》いている映画館であっても、私の前だけには、とても大柄な、それも頭蓋骨が大振りで、さらには髪の量も豊かで、その上パーマをかけていて、もひと

つおまけに落ち着きが無いような男性が、座ってしまうのです。

ある時、私は男性と二人で映画館に行きました。するといつものように、私の前には座高の高い男性が座り、連れの前には小柄な女性が座ったのです。連れの男性は親切な人だったので、

「こっちの席の方が観やすいよ」

と、席を交替してくれました。「ああ、やっぱり持つべきものは優しい彼だなぁ。これで今日はちゃんと映画を観ることができるわ」と私は目の前が開けていることにとても満足。やがて場内が暗くなって、予告編が始まりました。

するとどうでしょう。予告編が終わりに近づいてきた頃、突如として前の席の男女が、席を入れ替わったではありませんか。おそらく、前のカップルの女性側の、さらに前の席に座っているのが、座高の高い人であったのでしょう。そして前のカップルの男性もやっぱり親切な人であり、「こっちの方が観やすいよ」と、席を替わってあげたのだと思われます。

そして私の目の前には再び、座高の高い男性の頭が。彼の頭部は、私の視界からスクリーンの半分くらい、覆い隠してしまいます。

「どうしていっつもこうなっちゃうんだろうか……」と、私はガックリと肩を落とす。既に本編が始まっており、再度席を交替することも憚《はばか》られる。申し訳なさそうな表情の、隣の彼。

映画を観る時に、座高の高い人が目の前に座るというのは、とても大きなストレスになります。かつ、ものすごく腹立たしい。高い座高の張本人は、おそらく自分の頭部がどれだけ後ろの人に迷惑をかけているか、意識していません。ですから、申し訳なさそうな素振りをちっとも見せずに、座り直してみたり、頭を振ってみせたりする。

その無意識っぷりは、ますますこちらのイラつきっぷりを燃え上がらせます。前の人が頭を右へ左へと動かす度に、こちらも左へ右へと顔を動かし、まるで女湯を覗く痴漢のように映画を観ることになります。「少しは身を縮めてみるとか、浅く座って頭の位置を低くするとか、恐縮してる素振りくらい見せてみろよ」と、思う。

洋画の場合は、字幕も読まなくてはなりません。首を思い切り伸ばすようにして前の人の頭を避けて映像を覗きつつ、字幕も読み取っていると、それだけでヘトヘトに。

そんな時、前の席に座っている罪の無い、でも座高は高い人に対して、殺意に近い感情を抱いてしまうのは、私だけではないことでしょう。よく切れる青竜刀で、スパッと邪魔な部分を切り離してしまいたい……とか、餅つきの時に使う杵《きね》を、頭頂部に思いっ切り振りおろしたい……とか。もしも私がエスパーであったら、前の人の後頭部にキリキリキリキリ……と怨念《おんねん》を集中させ、パーンと爆発させてしまいそうです。

そうまでしなくとも、

「あなた、自分はごく普通の観客だって思ってるかもしれませんが、実はすっごく他人に迷惑をかけているんですよ」

と、何とかして知らしめたい、という気持ちになるもの。ああ、

「邪魔なんですけど」

と後ろからそっと囁《ささや》くことができたら、どんなにスッとすることか。もしくは、

「おめぇの頭がデカすぎてちっとも観えねぇんだよッ!」

と叫ぶことができたら……。

私は、自分が「前の人運」が悪いことを熟知しているというのに、いつも映画館に来る時、青竜刀や杵を持ってくることを忘れてしまいます。あいにく、超能力も持ち合わせていない。そして、

「邪魔なんですけど」

と囁く度胸すら、無いのです。

結局、私はいかにも観えにくそうに身体を動かすことによって、「可哀相に。この小柄な女性は、前にあんな大きな人が座ってしまったせいで、スクリーンをまともに観ることができないのだな」という周囲の同情を集めようとすることしかできないのでした。

もちろん、そんな同情を受けても気分は晴れません。というより、映画を観にきている人達が、同情などしてくれるはずもない。「映画を観る」という大きな目的がある映画館においては、他の観客は、たとえ観にくそうにしている人がいたとしても、「ああ、自分じゃなくてよかった」と思うだけでしょう。

よく電車の中で、少ししか開いていない隙間におばさんが無理矢理お尻を押し込んできたために、自分が座るスペースがすごく狭くなってしまうことがあります。下車駅が来て席から立つと、自分が座っていたスペースの狭さが、見てとれる。そして「私はこんな場所に押し込められていたんです」と、周囲にその「可哀相さ加減」を認めてほしくなるのですが、周囲の人はそんなことに気づくわけがない。そんな感じ。

なぜ、座高の高い人にこれほどまでに腹が立つのか。と考えてみますと、やはり

「安からぬ料金を支払っているから」というところに、たどりつきます。料金を必要としない家庭のテレビすら、前に何の障害物もなく見ることができるというのに、なぜ高いお金を払って観る映画が、こんなに観にくいのか。

料金が五百円くらいであれば、座高が高い人が前に座ってしまっても、「マ、しょうがないか」という気分になるかもしれません。しかし千八百円も払って、スクリーンの半分しか観ることができないとなると、とんでもない詐欺に遭ったような気になってしまう。

映画館は、もっとその辺の事情を汲《く》んだ座席設定、及び料金設定をしてほしいものです。入場時に座高を測定し、一定の基準以上の人は、一番後ろに用意されている「座高が高い人用シート」に座らなければならない、とか。座高の高い人の後ろにはもっと座高の高い人が座るように、座高が高い人専用の縦列を作る、とか。

座高の高い人から迷惑を被《こうむ》りやすい「座高の低い人」に対する優遇措置も、考えられます。一定の基準以下しか座高がない人は、料金が安くなる、というのもいいのではないでしょうか。

この「座高問題」ばかりは、早く映画館に到着して、良い席を選べば解決するというものではありません。どの席を選ぼうとも、「前にどれくらいの座高の人が座るか」は、選ぶことができないのですから。

低身長の者にとっては、映画館で快適に映画を観ることができるか否かは運次第、なのです。千八百円も払って、こんなことでいいのか！　と私は毎回毎回、思う。このように義憤に燃えつつ、前の人の頭をよけつつ、必死にスクリーンにかじりつくうちに私はすっかり疲労困憊《こんぱい》し、そのうち深ーく眠ってしまい、目が覚めるとストーリーがわからない……。

……私が映画館に行くと、いつもこのパターンなのです。いつの日か「前の人運」が良くなる日が来て、目の前いっぱいに広がる大スクリーンの、隅から隅まで見渡すことができたら、どんなに素晴らしいだろうか！　と、叶《かな》いそうもない夢を見つつ、何となく映画館から足が遠退いてしまうのでした。

「『誰にも言わないでね』と言われたネタをバラしたい」煩悩

「誰にも言わないでね」

という言葉で始まる、打ち明け話。そんな話をする時は、打ち明ける側の表情も、打ち明けられる側の表情も、生き生きと輝いているものです。

今から打ち明けようとする側の瞳には、「とっておきのネタをこれから披露できるのだ！」という、解放の喜びが溢れている。対して打ち明けられる側の瞳には、「どんな面白い話を聞くことができるのだろう？」という期待が溢れている。

そんな会話を盛り上げる一番のキーワードは、他でもない「誰にも言わないでね」というものです。打ち明ける側は、「誰にも言わないでね」と言うことによって、「これからあなたに言うネタは、本来であれば絶対に秘密の大ネタなのであるが、他ならぬあなたが相手だからこそ、特別にそっと打ち明けるのだ」という「あなただけは特別」感を、匂わせる。

　本当は誰かれかまわずそのネタを言いたくて、これから打ち明けようとしている相手も、別に特別な存在というわけではなく、「打ち明けたい欲求」のはけぐちでしかないのだけれど、「誰にも言わないでね」と言うことによって、施しを与えているような気持ちになれるのです。

　打ち明けられる方も、「誰にも言わないでね」と前置きをされるのは、嫌な気持ちではありません。そう言われると、自分が選ばれた特別の人のような気持ちになるからです。本当は相手が「誰にも言わないでね」と言いながらも、結構たくさんの人に、

「実はね……」

　と打ち明けているのであろうという予想はつくのですが、積極的に騙されてやろう、という寛容な気持ちになることができる。

　そしてA子さんが、

「誰にも言わないでね……。私この前、B子の彼のC男君から食事に誘われちゃって、実は一回だけエッチしちゃったのよね……」

　なーんてことを、打ち明けられたとしましょう。

「うそマジー？　でももちろん、B子にはバレてないんでしょ？」

「当たり前じゃん。でもまぁあの時は酔っ払ってたし、C男君と付き合う気は全然無いし。だから、ぜーったいにB子に言っちゃダメだよ！」

と念を押される。

「当たり前じゃない。言うわけないでしょ！」

とは言ってみるものの、打ち明けられた方の悩みは、その瞬間から始まるのです。

打ち明けられたネタが面白ければ面白いほど、「このネタを誰かにバラしたい！」という欲求も大きいものとなります。でも、

「誰にも言わないでね」

と口止めもされている。ああ……。

打ち明けられた人の心は、揺れます。B子さんに会った時は、「思い切ってB子に話してしまいたい。しかし私がここで話してしまったら、B子とC男との間にある愛、A子とB子の間にある友情、そしてA子と自分との間にある友情は全て崩壊してしまう。ここはイッパツ、我慢せにゃあ……」と、グッと耐える。

C男に会った時も、

「アンタ、A子とエッチしちゃったんだって？……ったく、しょうがないわねぇ。絶

対にB子に気づかれちゃだめだよ」

と、大人の事情通ぶって言いたくなるのだけれど、それも頑張って我慢。

しかし、ついに我慢の限界はやってくるのです。A子もB子もC男もいない場所で、皆の共通の女友達であるD子と話している時。D子さんが、

「なんか最近、B子とC男って、うまくいってないみたいなんだよねー。よくわかんないけど」

などと言っているのを聞くと、もう黙ってはいられません。急に声をひそめて、

「ねえねえ、絶対誰にも言っちゃダメよ」

という、どこかで聞いた前置きが始まります。そして、

「実はさぁ、この前A子から聞いたんだけど、A子がC男とエッチしちゃったらしくってさぁ……」

と、とうとうゲロってしまうのですね。

「うそーマジ？　でももちろん、B子にはバレてないんでしょ？」

と、これまたどこかで聞いたような反応を示すD子さん。D子さんが今後、最初に打ち明けられた人と同じ行動——我慢に我慢を重ねた末に誰かにバラす——をとるこ

とは、想像に難《かた》くありません。

人は誰しも、

「誰にも言わないでね」

と言ってから秘密を打ち明ける時は、遅かれ早かれ、その秘密が公《おおやけ》のものとなってしまうという覚悟をする必要があります。「この秘密はいずれバレてしまうが、それは誰のせいでもない。最初に秘密を打ち明けてしまった自分のせいなのだ」ということを心しなくてはなりません。

「誰にも言わないでね」というセリフは、相手の心に重荷を負わせることになるのです。誰にも言うなと言われたからには、言わない努力をしなくてはならない。けれど、こんなに面白い秘密の話を自分一人の胸にしまっておくなんて、あまりにもつらすぎる……。と、打ち明けられた瞬間から、煩悩は始まる。

この時の気持ちは、小学生の頃、教室で「エンガチョ」遊びをしていた時の気持ちと似ています。

「エンガチョ！」

と友達からタッチされても無視して、自分のところでそのゲームを終わりにしてしまえば、それでいいのです。「誰にも言わないでね」と言われたら本当に誰にも言わないでいれば事態は沈静化するのと、一緒。しかし、そうするには非常に強い意志が要《い》る。それよりは、他の人に、

「エンガチョ！」

とタッチして、自分は責任を逃れる方がずっとラク……。私達は、「エンガチョ」とタッチする代わりに、他の人にネタをバラしているのです。

「誰にも言わないでね」というのは、責任から逃れるためにある言葉。A子さんのような噂の大本《おおもと》は、本当なら秘密など友達に打ち明けず、ずっと黙っていれば済むものを、「誰にも言わないでね」と言うことによって、「バラしてしまった」責任から、そして友達の彼とヤッてしまったということを心にしまい続ける重みから、逃れようとする。

さらには秘密を聞いてしまった方も、他人にバラしながらも「誰にも言わないでね」という前置きをつけることによって、「誰にも言わない」という約束を反古《ほご》にした責任から逃れようとする……。

そんな仕組みがわかっていても、

「誰にも言わないでね」

　と言いながら秘密を打ち明ける人は、跡を絶ちません。「誰にも言わないでね」と頼まれた人が、誰にも言わないでいることなどまず無いことを知っているのに、それでも今日も「誰にも言わないでね」と誰かに秘密を打ち明けたくなってしまう私達。身体を突き動かすような「打ち明ける快感」のうねりは、「守秘義務を遵守《じゅんしゅ》しようとする気持ち」をも大きく凌駕《りょうが》する、ということなのでしょう。

「全裸で歩きたい」煩悩

一人暮らしの醍醐味とは何か。と考えてみた時に第一にあげられるものの、それは「裸でノシノシ部屋を歩くことができる」というものではないでしょうか。

風呂上がりに、全裸もしくはそれに近い姿で部屋をウロついても、誰にも何も言われない。ああ、何て解放的。

若者向けの雑誌において、「彼女のことを嫌いになった瞬間は？」という質問に対して男子が、

「セックスの後など、女の子がどこも隠さずにノシノシ歩くようになると、『こいつとももう終わりかな』と思う」

というような証言をしていることがあります。セックスをするような親しい相手の前であろうと、女子が裸で歩くことは禁物らしいのです。

しかしなぜ、裸で歩く人間には「ノシノシ」という形容がついてまわるのでしょう

か。裸になったからといって、動作が急に荒々しくなるわけではありません。なのに裸で歩いている人というのは、妙に態度が大きく見えるもの。

おそらく、「寝ている裸」と「歩く裸」では、見る側の印象というのがだいぶ違ってくるのでしょう。「寝ている裸」は、魅惑的で無抵抗な感じで、ワクワクする。対して「歩く裸」は、無遠慮で原初的で、禁忌《きんき》的ですらある。

「セックスの後に裸で歩く」という姿に対する嫌悪感は、おそらくこの「魅惑的で無抵抗なもの」が、急に「無遠慮で原初的なもの」になってしまったことから生まれるのでしょう。そのギャップが、「ノシノシ」という形容を生む。

同性同士の場合も、裸歩きに対する違和感は感じるものです。温泉やスポーツクラブの更衣室において、全裸でどこも隠さずに歩く人を見ると、女同士でも一瞬、とまどってしまう。

特に自分が着衣の状態で、妙に堂々とした全裸の人と相対してしまうと、文明の違う二つの星からやってきた者同士が初めて会ったような、未知との遭遇感覚に陥るものです。相手のノシノシ感があまりに強いと、服を着ている自分の方が実はおかしいのではないか、という気すらしてしまう。

ノシノシ歩くのは、やはり一人の時に限る、と私は思うのです。大勢でノシノシ歩くと、他人の裸も気になるし、自分の裸がどう見られているのかも気になる。着衣の人と一緒の時は、なおさら。しかし一人であれば、何も気にせずに、あーんなことも、こーんなことも、できるのです。

とはいっても、全裸一人歩きも、おちおち安心してはいられません。一人暮らしとはいっても、全くそこに他人の目が無いわけではありません。ここはアリゾナの砂漠ではないので、部屋の窓を開けていれば、どこからか誰かに見られている、という可能性も無いではない。夜、明かりのついた室内というのは、外から恐いほどよく見えるものなのです。

部屋の中に他人はいなくとも、部屋の外に他人はいる。窓を開け放して、涼しい風に吹かれながらノシノシ歩きたい……と思っても、その姿をどこからか目にしてしまった人の劣情を万が一にでもそそってしまったら？　と思うとそれもまた躊躇《ちゆうちよ》。

風呂から出ると、居間の窓は開けっ放し。でも、居間を通らなければ到達できない位置にある冷蔵庫から、冷えた麦茶を取り出したい！　という時は、

「マ、いっか」

と、歩いてしまうこともあります。でも、なるべく見られないようにと、ゴキブリのように物陰をコソコソと歩いたりする。

コソコソ歩きというのは、裸体とは実にそぐわない行為です。「自分の家で、自分一人しかいないというのに何をやっているのだろう……」と思いつつ、都会暮らしの不便さを嘆くのでした。

最後にやってくるのは、道徳的な不安感です。カーテンも閉め切って、どこから覗かれる心配も無い部屋で、一人っきりで、全裸で歩く。それは、誰の劣情をそそるわけでもなく、また誰に迷惑をかけるわけでもない行為なのですが、「だからといって、こんなことをしていてもいいものか」という気持ちも、どこかにある。

誰も見ていない部分でもきちんとしていてこそ、正しい人間なのだそうです。「いい女」と言われる人はたいてい、

「誰にも見られていないからこそ、下着はきちんとしたものを選びたいですね」

といったことを言うものですし。「どうせ誰も見ないしー」と、ヨレヨレのパンツをはくようでは人間失格、女失格らしいのです。同じように、誰も見ていないからといつまでも全裸でいるのも、人の道にそぐわぬ行為なのでしょう。

でも、という気持ちもあります。誰しも、服を脱げば裸。裸でいるのがそんなに悪いのか。

その疑問を追求していくと、大げさに言えば、人間として生きるとは果たしてどういうことなのか、という不安に陥るのです。

裸体の価値は、状況によって大きく乱高下します。誰もいない場所で裸になっても何ら問題はなくとも、それは公衆の面前でやってしまうと、罪になる。また、一人きりで全裸でいても「恥ずかしい」という気持ちには全くならないのに、そこに他人の視線があると、急に羞恥心が湧いてくる。

誰しもが持つ裸体とは、果たして罪なのか、罪でないのか。恥なのか、恥でないのか。一人きりで全裸でいると、そんな答えのない謎に包まれる。そして全裸でそんな謎を抱えている自分が馬鹿みたいだナーとも、思う。

しかしだからこそ、私は裸でノシノシ歩きたいのかもしれません。もし、「家では誰もが全裸でくつろぐのが普通」だったとしたら、これほど全裸は楽しくないに違いない。裸に対する禁忌感が、世間にも私の中にもあるからこそ、一人ヌーディスト生活は解放的な喜びをもたらすのです。

「えへへへへ、私は表に出る時はちゃんときれいな格好をして上品ぶっているが、家では全裸でこーんなことをしているのだ！」

とか、

「今ここで火山の大噴火があって、ポンペイの町のように一瞬のうちに火山灰で東京が埋まってしまったら、私は後年『なぜか全裸でテレビを見ながら麦茶を飲む東京の女性』として発掘されるんだなぁ」

などと思うのも、またよし。

「私は、いつ何時、他人様《ひとさま》に見られても大丈夫」という生活は、確かに立派です。しかし「他人様には絶対に見せられない！」という部分があるからこそ、生活の醍醐味は、より深まるものなのだと思います。「他人に見られると恥ずかしい」と「お天道様に見られると恥ずかしい」というのはまた、別の意味なのですし。

自分の部屋があまりにもとっちらかっている時、「ああ、今だけは交通事故で死ねない」と思うことがあります。「どうしても死ぬ運命であるなら死んでもいいから、死ぬ前に十分だけ、ウチに帰らせてェ……」と、願ったりする。

世の中の大人達は万が一のことも考え、

「いつ交通事故に遭うかもわからないから、いつもきれいなパンツをはいて、部屋もきれいにしておくのですよ」

と言うのです。が、「どうせ交通事故になんか遭わないよね～」とドキドキしながら、古いパンツをはいてしまうのが、人間というもの。パンツを見られるくらいの交通事故に遭ったなら、もうそのパンツがどんなパンツであろうと関係ないだろう、という気もしますし。

世の中では、

「私、家で全裸でウロウロすることがあります」

と正直に言う人は少ないでしょうが、きっと誰もがやっているであろう、裸歩き。連れ合いに先立たれたおばあさんなども、

「一度これをやってみたかったんじゃ！」

とか言いながら、ノシノシ歩いているのではないかと思うと、実に微笑《ほほえ》ましいものですね。

「同じ話を二度された時、『それ、前にも聞いた』と言いたくなる」煩悩

世の中には「同じことを何回も言う人」というのが、いるものです。別に、お年寄りとか酔っ払いばかりではありません。健康な若者であっても、「同じことばかり言いがちな人」は少なくない。

その手の人が何回も言ってしまうこととは、どんな内容なのか。と考えると、一種類に大別することができます。つまりは、「絶対にウケるという自信がある持ちネタ」と、「自慢話」。

まずは前者「ウケる持ちネタ」ですが、これはたいていの人が三つや四つは常備しているものでしょう。「こんなおかしい失敗をしたことがある」「こんな変な知り合いがいる」という話やちょっとしたジョークは、初対面の人と話す時など、重宝します。

確かにその手のネタは、なるほど初めて聞くと非常に面白いのです。だから「ああ、この人って面白い人なのね」と思うことができる。しかし同じネタを二度聞いてしま

うと、一気にそのイメージは崩れます。「この人ってこのネタはウケるってわかってるから、『ここ一発』って時にはつい張り切って言っちゃうんだ。それでもって、アタシには同じネタを前にも言ったってことをすっかり忘れて、また得意になって話しているのだ」ということが理解できてしまうから、聞いているこちらが無性に恥ずかしくなる。

「自慢話」にしても、同じです。

「昔、俺んちの別荘でバーベキューやった時にね、梅宮アンナが来てさぁ、朝まで一緒に飲んだんだよね……」

みたいな会話は、やはり最初に聞いた時は、

「へーえ、すごいねー」

と素直に言うことができるのですが、再び同じ話を聞いてしまうと、いたたまれなくなる。「ああ、この人にとって梅宮アンナと知り合いだってことは、生きていく上でとても大きな誇りとなっているのだな……」ということが、わかってしまうから。同じ話を何度もする人というのは、その話をする時、非常に誇らしげな顔をしています。それは、「ここ一番のキメの洋服」を着ている人の表情と、似ています。

たとえば合コンの時、女友達が、新しい洋服を着て来たとする。「あっ、新しい服を買ったんだ」と、友人は思う。

しかし次回、違う相手との合コンの時、彼女が再び同じ服を着て来て、メイク法もアクセサリーも、ストッキングの色まで前回と同じだったりすると、友人としてはいたたまれない気分になるものです。なぜなら「この友達は、この服でこのメイクをすると男ウケがいいって確信しているのだ！」ということが、わかってしまうから。彼女の精神の恥部を覗き見してしまったようで、目を伏せたくなるのです。「同じギャグ」「同じ自慢話」を聞いた時も、似たような心情となるのではないでしょうか。

誰しも、「同じ話を二度聞く」という経験を持っていることと思いますが、その時、どういう対応をするかは、その人の人格によって大きく異なります。

優しい性格を持つ「善人」は、同じ話を何度耳にしようと、初めて聞いたような顔をしてくれるものです。一字一句たりとも前回と全く同じギャグを聞いたとて、本当に初めて聞くように、

「キャハハハハッ、なーにそれ、おっかしーっ！　あなたって面白いわねっ」

と、笑い転げることができるのも、人徳というものでしょう。

善人達は、

「俺の別荘に梅宮アンナが……」

という話を二度目に聞いた時も、

「すごーい、アンナちゃんと知り合いなんだぁ。で、アンナちゃんってどういう人だった？　可愛かった？」

などと、前と同じ質問を繰り返すことができる。ですからこの手の人はたいてい、モテます。

私のような人間は、隣にその手の善人がいると、心から尊敬してしまうと同時に、少しイライラします。私はといえば、同じ話を二度聞くと、どうしても最初に聞いた時と同じ反応が示せないタイプなのです。相手に二度までも「ウケた！」という快感を味わわせるのが我慢ならん、というセコい性格のせいなのですが。だから「二度目に聞く話」の時はどうしても、

「へーえ」

みたいな感じで、ちょっとつまらなそうな顔をしてしまう。

それでも、まだ我慢をしている方なのです。本当は、同じネタを二度聞いたら、

「アンタねぇ、この前会った時にも同じこと言ってたわよ。恥ずかしいからよく考えてからしゃべった方がいいよッ」

と言いたい。また、

「俺の別荘にね……」

と話し出す人がいたら、

「梅宮アンナが来て一緒にバーベキューして朝まで飲んだって話でしょ？　それは前にもさんざん聞かされたっつーの」

と、釘を刺したくなってしまう。

実際、前にも聞いたことをまた言われた時は必ず、

「あなた、前にも同じこと言ってた」

と素直に告げることができる勇気のある人も、います。しかし私の場合、「ああ、この人は今、とっても得意な気持ちでこのギャグ、もしくは自慢話を語っているのだろうなぁ。そんな時に私が『それ、前にも聞いた』なんて言ったら、さぞかし気落ちするだろうなぁ」などと中途半端な思いやりを持ってしまい、どうもハッキリと言うことができない。

時には我慢ができなくなることも、あります。あまりに滔々《とうとう》と同じギャグや自慢話が続いたりすると、何気なく、

「あっ、それって、前にも言ってた話ね？」

なーんて、釘を刺してみる。すると、たいていの人は、

「あっ、前にも話したっけ？」

と、気づくのですね。

これはある意味、ズルい手段でもあります。本当に善人であれば、「前にも聞いた」なんてことはおくびにも出さずに、目を輝かせて聞く。また本当に相手のことを思っている人は、ズバッと、しかしあまりイヤミではなく、「前にも聞いた」と言う。

対して私の場合、「同じ話を二度聞かされるのはたまらん」という気持ちと、「でもそれを指摘して、性格の悪い奴だと思われるのも嫌」という二つの気持ちがある。だからこそ、

「前にも言ってた話ね？」

というソフトな言い方をして、自分を守るのです。実に、潔くない。

我が身を振り返れば自分だって、同じ話を二度三度とすることは、決して珍しくあ

りません。私にも、ウケるとわかっている持ちネタはあるし、自慢したい話もある。だから、

「この人にはこの話、前にもしたっけか？　マ、してないっしょ」と思うことができる時だけ、

「実はね……」

なんて言っているのです。

後から、「あの人にあの話をするのは、二度目だったかもしれない」と不安になることもしばしばですが、いつでも私の友人知人は、初めての話を聞くかのように対応してくれる。その人達の恩を忘れて、自分が「同じ話を二度聞くのはたまらない」という理由だけで、

「それ、前にも聞いたよッ」

と残酷なことを言ってしまっていいのか……？　私もいつか、同じ話を何度聞こうと、ニコニコしていられるような人になりたいものだと、願っています。

「モテ自慢したい」煩悩

春は、恋の季節と言われています。陽気が暖かくなってきて、ナマ暖かい風が吹き始めると、なぜか胸がドキドキしてくるもの。

気候のせいだけではありません。春というのは、恋愛が始まる機会自体も多い季節なのです。学校や会社には、フレッシュマン達がやってくる。新しいメンツが入ってくるだけで集団というのは活気づくもので、誰しもがわくわくした気分に。ましてや自分自身がフレッシュマンだったら、なおさら胸は高鳴ることでしょう。

人は春になると、どうも恋をしたい気分になってしまうわけですが、同時に「春の恋は実り難《がた》い」という定説も、存在します。一般に、「夏の恋は実り難い」という話はよく知られているものですが、実は春の恋も、夏の恋と同じくらい、短期間で終わってしまうことが多いのです。

春というのは「恋愛バブル」の季節。誰もが浮き足立っているが故、ついつい軽はずみな行動に出がちなもの。それは、夏の恋における「軽はずみな行動」とは、少し違うのです。

春の恋における「軽はずみな行動」とは何か。それは特に女性に多いケースなのですが、春になってちょっとモテたりすると、ついつい嬉しくって、誰かれとなく「モテ自慢」をしてしまうという、その行為。その軽はずみな自慢が、恋愛そのものにとってはアダとなる。

たとえば、とあるOL。ある春の日、部署を異動してきた男子社員から、デートに誘われた。何回かデートをするうちに、ヤルこともヤッた。去年の夏に前の彼と別れ、それから秋、冬と不遇をかこってきた身としては、「おっ？　ひょっとしてこれはイケるんじゃないのッ？」という期待で、胸がいっぱいになる。二十四時間ウキウキして、朝も早く目が覚める。会社へ行くのも楽しくて……と、いいことずくめ。

彼女はここで、「今、自分がどんなに幸福か」ということを、誰かに言いたくて言いたくて、ムズムズしてしまいます。最初は、学生時代の友達に電話をして、

「実はさぁ、会社の人と今ちょっと付き合いかけてってさぁ……」

なんてことを打ち明けるのです。

「一歳上の人で、学生時代はサッカーやってて、すっごく優しいのよォー」

「えーっ、イイじゃんイイじゃん」

「で、どんな人？」

　みたいな会話をするのは、実に楽しい。

　ところが春に恋した女というのは、次第にそれだけでは満足できなくなってきます。彼女が次に求めてしまうものとは、ある「肩書き」。

　彼とは一緒の職場ですが、もちろん二人がデートしていることなど、誰も知りません。同じ職場内にカップルがいる、ということがバレてしまうのはさすがにまずいのです。

　となると、最初のうちは「こっそりとデートを重ねる私達」に興奮し、「恋をしている私」に酔うことだけで満足していた彼女の中にだんだん不満がたまってきます。彼女は「○○さんの彼女」という肩書きが、どうしても欲しくなってしまうのですね。

　彼女は、「肩書きが欲しい」という欲求が自分の中に発生したことを、はっきりとは自覚していません。しかし、無意識のうちに行動は肩書き獲得の方向に向かっている。彼女は、同僚のＯＬと食事をしている時、ついチラッと洩《も》らしてしまいます。

「実は今さぁ、ちょっと付き合ってる人がいてね……」

なーんて。もちろん同僚ＯＬもその手の話は嫌いではありませんから、

「うっそ、だれだれ？　ひょっとして、社内じゃないでしょうね？」

と乗ってくる。そこでまた、

「えっ？　えっ？　どうかな？」

なんて言うのは、つまり「社内です」と言っているようなもの。

「もしかして……○○さんなんじゃないのーゥ？　最近あなた達、やけに仲がいいと思ってたけど……」

と、同僚。

「えっ、ちょっとやだ、なんでわかるの？」

と言ってみるものの、マ、そこまで言えば普通はわかるわな。さらに続けて、

「絶対内緒よ！　あなたしか知らないんだから！」

と口では困った風に言いながらも、やけにウキウキした声を出す、彼女。もう心の中では、「最初に誘われた言葉」「最初のデートの場所」「社内で連絡をとる方法」「電話の頻度」など、「いかにアタシは愛されているか」を語る準備が、できあがってい

ます。

同僚ＯＬに一通りのことを語り終えると、彼女は非常にスッキリとした気持ちになることができます。たまっていたものを排泄する快感、とでもいいましょうか。さらには、少なくとも一人から「○○さんの彼女」として見なされるという事実にも、おおいに気を良くするのです。

が、しかし。自身のその行動が、後に自らの足をひっぱることになろうとは、彼女も気づいてはいないのであった……。

と、ドラマであれば「つづく」となるところですが、現実は待ったなしに進行します。

「絶対内緒よ！」

と、色々な人に「アタシと○○さんのこと」を話しているうちに、当然ながら社内には噂が広まります。彼女はそれでも満更でもないのですが、○○さん、つまり男性の方からしてみると、満更でもある。

「『○○さんの彼女』として見なされたい」という、女性にとっては当たり前ともいえる欲望は、男性にとっては、時として迷惑なもの。特に社内恋愛において、下手に異性関係の噂が広まるのは、自分の将来にも関わる。男性の方としては「できればずっと秘密にしていたい」と思っていたのに、女性が急に饒舌《じょうぜつ》になってしまったことによって、「ヤベエッ」と態度を変えることもあり……。
○○さんも、急に腰が引けてしまうのです。電話も減り、デートも減り。上司から飲みに誘われた折り、
「そういえばキミ、××君（彼女の名前）とはどうなってるんだ？　なんだか噂を聞いたことがあるけれど」

と問われ、

「なーに言ってんスか課長、そりゃ飲みに行ったことくらいはありますけど、誓って何もないですから。マジで」

なんて、断言してしまう。それだけならまだしも、

「いやぁ、どうも好かれちゃってるみたいで変なこと言い触らされて……。僕、困ってるんですけどね」

てなことまで、保身のためには言われかねない。

……かくして春の恋は、夏が来る前に、終わります。確かに恋は楽しいし、ウキウ

キするもの。しかしそのウキウキは、自分の胸の中だけで培養しておきたい。それが、桜の花のようにはかない春の恋を実らせる、秘訣なのかもしれません。

「雉《きじ》も鳴かずば撃たれまいに」

……最後にこの言葉を、恋するあなたへお贈りしておきます。

「他人を太らせたい」煩悩

私は、元来、非常に食い意地が張っている性質、というか体質です。たとえばレストランなどでも、料理が出てくるやいなや、すぐに手を出さずにはいられない。

「あら、おいしそう」

「素敵なお皿」

なんて悠長に会話を続ける友人がいるとイライラして、「早く食わんと冷めるだろうがーッ！」と、叫び出したい気持ちでいっぱいになるのです。

「たくさん食べたい」という気持ちも、人一倍持っています。たとえば一つのケーキを二人で分けて食べるという時は、「大きい方」の行方が、非常に気になった。あまりにも「たくさん食べたい」という気持ちが強い自分に不安を抱き、

「誰かと何かを分けて食べる時は、必ず一番小さいピースを取ること！」

という戒律を自分の中で作ったりもしたものです。

他人と自分を比べた時に自分は少し規格外なのではないか、という種類の悩みを抱く時、人は「自分よりもっと上（もしくは下）」の存在を発見し、「アタシよりもっと異常な人はいる！」と安心する、という行動をとりがちです。「『食』に対する自分の欲求は、普通の女性に比べて異常に強いのではないか？」という悩みを抱く私の場合も、そうでした。それも、「アタシよりもっと異常な人」をただ単に探したのではなく、自分から「アタシよりもっと異常な人」を作ろう、としていたのです。

どうやったかというと、単純な話ではあるのですが、「他人にたくさん食べさせようとした」わけです。この場合、男性に食べさせてもしょうがないので、主に女性が対象となりました。

たとえば、女友達と何人かで一緒に食事をしている時。大皿に盛ってある料理を、それぞれ取り分けたりする。つい自分の皿にテンコ盛りにしてしまっていることに気づいた次の瞬間、隣に座っている友達は少ししか盛っていないことを、発見。

普通ならここで「あっ、アタシったら一人でいっぱい取ってしまって……」と恥じ入ったりするのでしょうが、疑心暗鬼になっている大食い女は、「みんな上品ぶりやがって……」と、イラつくのです。そして大皿に残っている料理を、

「ほらほら、もっと食べなくっちゃあ！」

と、他人の皿に無理矢理に盛る。

自分が大食いであることに気づいてしまった大食い女というのは、他人が自分より小食であることを発見すると、無性に腹が立つものなのです。胃袋の大きさなど人によって違うわけで、どれだけ食べようが食べまいが人の勝手なのですが、「あの人は、少ししか食べないことによって大食いの私を馬鹿にしようとしている！」とか「小食の女の方がイイ女だと思ってやがる！」などと、ついワケのわからない妄想に、とりつかれてしまう。結果、人食い女は、

「ほらほらみんな、もっと食べなくちゃあ駄目よ！」

と盛んに言う「勧め魔」になってしまうのです。

焼き肉を食べる時は、勝手にじゃんじゃん肉を焼いて、勝手に他人の取り皿の上に焼けた肉を積んでいく、という行動にも出がち。それも、カルビのあぶら身の多い肉片は、あえて友人の皿に置いたりする。

またイタリア料理レストランにおいて、食事が終わってから、

「私、もうお腹《なか》がいっぱい。デザートは結構ですぅ」

などと吐《ぬ》かす女に対しても、容赦はしません。「なーにカマトトぶってんだよッ。てめぇだけスマートでいようったって、そうはいかないッ」と、はらわたは煮えくりかえっているのだけれど全く表面には出さず、

「ここのタルト、すっごくおいしいのよ！　せっかくだから食べなさいよ。残したっていいんだから」

と、「あと一押し」の一言をなげかけ、無理にでも食べさせる。

ですから同じ席に、「自分より食べる女」が存在する時は、とても嬉しいのです。気持ちの良い食べっぷりを見ていると「アタシは、一人ではないのだ！」と意を強くすることができるし、

「アタシもう、食べられなぁい」

などと、小食の女のフリをすることもできる。そして「アタシって実は、『小食の女』っていう存在に憧れていたのか！」と、気づいてもみる。

この「大食家の心理」は、浪費家の心理とも似ています。お買い物大好き、という浪費家はたいてい、他人に買い物をさせることも得意な、勧め上手です。

洋服屋さんなどで友達が、

「これ、どうしようかなー」

と迷っていると、

「あらそれ、すっごくイイ。めちゃくちゃ似合う。絶対、買った方がいいと思う！ぜんぜん、高くない！」

などと誉《ほ》めまくって友人をその気にさせ、買わせる。他人がお金を使うシーンを見るのが、快感なのです。それはなぜかと考えてみれば、「お金を浪費するのは自分だけではない」と思いたいから。

私はあまり浪費家ではないと思うのですが、それでも自分が高価なものを衝動買いしてしまった時など、急に不安になって、「一緒にいる友達も何か買わないかな」という気持ちになることがあります。

要するにこれらは、「横並び」を欲するが故の行動なのでしょう。自分だけバカ食いして、自分だけデブになるのは嫌。自分だけお金を使って、自分だけ貧乏になるのは嫌。どうせ、デブ（もしくは貧乏）になるのであれば、誰かも道連れにしたい……そんなさもしい、気持ちです。

最近は私も大人になり、少しは食が細くなってきました。「とにかく食べたい。今すぐ食べたい。いっぱい食べたい」みたいな下品な欲求も、隠すことが上手になってきた。犬の食事における「待て」的な芸も、覚えることができたつもりです。

するとと昔、自分がしていた「他人への大食の強要」という行為が、いかに無謀なものであったかに、気づくのです。「ああ、食欲というのは、他人と比較してどうこういう問題ではなかった。他人より多かろうが少なかろうが、自分でコントロールしていくべきものなのだ」……と。

でも。正直言って今も、自分より他人がたくさん食べているのを見ると、少しホッとしてしまう、私。そして友人とお茶をして自分がケーキを食べたい時は、

「ねっ？　ねっ？　ケーキ食べようよゥ」

などと甘えた口調で、必ず相手にもケーキを食べさせてしまう、私。

「自分だけ太りたくない」という恐怖心と、「太らばもろとも」という横並び意識は、どうやら相当深く、染みついているようなのです。

「他人のものが欲しい」煩悩

センスの合う女友達と一緒に買い物をするのは、楽しいものです。友達から、

「あっ、それカワイイ」

とか、

「すごく似合う」

などと言ってもらうと自信になるし、「買っちゃおうかな」という気持ちにも弾みがつくというもの。


特に、心の中で密《ひそ》かに「この人は自分よりもセンスが良い」と認めざるを得ない友達というのは、買い物の時、非常に心強い存在です。なぜなら彼女達は、決して嘘を言わないから。


心は優しいのだけれどセンスはイマイチ、という人と一緒にいる場合は、

「この服、どう？」

ところが聞いた時、「こういう時はとりあえず似合うって言うのが礼儀よね」及び「正直言って、似合うかどうかよくわからない」という二つの理由から、何でもかんでも、

「いいじゃない、似合うわ」

という言葉を返してくれがち。

良いセンスの持ち主は、その手の甘言は絶対に言いません。

「その色はあなたには合わないわね」

「こっちの方がいいわ」

と、妙な優しさは挟まずに、冷静にそして的確に答えてくれるのです。

センスの良い人と一緒に買い物をしていると、困ることもあります。それは、センスの良い人が、

「あら、これイイわね」

と手に取ったものが、やけに良く見えて、しばしばどうしても欲しくなってしまう、ということ。

「他人のものが良く見える」という現象は、「隣の芝生は青い」ということわざもあ

る通り、古くから知られているものです。

私も、隣の芝生が青く見えまくり、というタイプ。食事をする時も、自分は確固たる意志のもとにハヤシライスを選んだはずなのに、隣の人のカツカレーが運ばれてくるのを見ると、「うわっ、めちゃくちゃおいしそう……」と心奪われ、

「一口ちょうだい」

と、我慢できずに言ってしまう。

買い物の時も、同じなのです。センスの良い友達が手に取って眺めているものがどうも、自分が手に取っているものよりも良く見えて、ムクムクと欲しくなってしまう。とはいえ、「欲しい」という意思をすぐに表明するわけにはいきません。なにせ友達が先に手に取ったのだから、

「あっ、それカワイイ。私、それ買う」

などと言ってしまっては、人間としての、否、女としてのメンツと沽券《こけん》に関わる。

実際、若い頃は、誰かが先に見つけたものを他の友達が買ったりすると、

「あの子、私がいいって言ってるのを知ってて先に買ったのよ」

などと陰口を叩かれ、「仁義を知らない人間」として扱われることがあった。

大人になってくると、さすがに誰もそこまで料簡《りょうけん》は狭くないのですが、やはり「人真似」感は拭《ぬぐ》えません。

しばらくは、

「そのスカート、イイねー。すごく可愛い」

などと誉めちぎるのみ。そして内心、「買わないでくれればいいのに」と、念じる。どうやら友達がそのスカートを買う気は無さそうだ、と判断した時、どうやって「私はそれが欲しい」という意思を表明するかは、難しいところです。

「えっ？　あなたこれ、買わないの？　じゃあ私、買っていい？」

などと、「待て」を解かれた犬がエサにむしゃぶりつくように素直な反応を示してしまうのは、「あなたの方が私よりセンスが良いです」ということを認めたようで悔しい、という気持ちもあります。

かといって、その場ではしらんぷりをしておいて、後日一人でそっと買いに行く、というのもあまりにセコい。後にそのスカートをはいている時にセンスの良い友人に会ってしまい、

「あらっ、そのスカートってこの前一緒に見たやつじゃあ……。いつの間に買ってた

の？」

などと言われ、恥ずかしい思いをしなければならない。

結局どうするのかといえば、一通りお店の中を見終わってから、

「やっぱりさぁ、さっきのスカートっていいよね。ちょっともう一度見ていい？」

とさり気なく提案。

「どうしよーう、欲しくなっちゃったー」

とカマトトぶって、相手から、

「買っちゃえば？」

と言わせる、ということになるのでした。

友人が手に取ったものが欲しくなる、くらいならまだ良いのですが、相手が買ったものと同じもの、もしくは相手が既に持っているもの、が欲しくなることも、あります。

そんな時は、さらに逡巡《しゅんじゅん》するものです。「私は今、『他人のものだから』という理由だけでコレが欲しくなっているのではないか。それとももっと素直になって、『それ、どこで売ってたの？』って聞くべきなのか？　でもやっぱり、他人が持っているのと

同じものを持つのは悔しい気もするし……」と。

人の性格は、こんな時に如実に顕れるものです。「確かにあのバッグはイイ。けれど他人と同じものを持つなんて、死んでもイヤ！」と決意するあなたは、しっかりとした意志を持った、意地っぱり。泣きたい時もどうも泣けない、というタイプではないでしょうか。

「誰が持ってようと関係ないしー」と割り切って、

「ねぇねぇ、そのバッグ、すっごくイイわね！　アタシもお揃《そろ》いで買っちゃってもいいーん？」

と堂々と尋ねるあなたは、要領の良い合理主義者。泣きたくない時でもテクニックで泣けるタイプでは？

しかし、世の中にはもっと上手《うわて》がいることも、忘れてはなりません。

「うわぁ、そのバッグ本当に素敵！　いつも思うけれど○○さんって本当にセンスがいいですよね。アタシ、憧れてるんです……」

とピュアな気持ちで誉めちぎっているうちに、相手がその気持ちに打たれて、

「じゃあこのバッグ、あなたにあげる！」

なんてことを言ってくれることもある。世の中、無心より強いもの無し、と。

他人のものが欲しくなる、という意味においては、異性関係において特にそういった嗜好を持つ人も、いるようです。悪いとは知っていても、ついつい「他人のもの」という魅力に抗《あらが》うことができず……ってやつ。

やっかいなのは、異性というのはスカートやバッグと違って、同じものが何個もお店で売っているわけではない、というところ。「他人のものが欲しい」という気持ちは、時として人間関係を乱し、破壊する結果へとつながります。

そう考えると、他人の服を羨《うらや》むくらいはまだ、罪が軽いのか。いずれにしても、他人のものに手を出す時は、「他人」がどれだけその「もの」に対して執着心を持っているのか、ちゃんと確認してからの方がいいということなのでしょう。

「前あきの服のボタンを全部外さずに脱ぎたい」煩悩

「血液型、何ですか？」

と聞かれて、「O型です」と答えるとたいてい、

「ああ、やっぱり」

と言われます。O型というのは、大雑把《おおざっぱ》でおおらかで……といった特徴があるらしいのですが、まさに私の場合、その特徴にどんぴしゃり、当てはまっている。

このO型、なにせおおらかなので他の血液型の人との相性も良い、と言われています。従ってストレスも少なく、万事ハッピー、みたいな気性だと思われがち。ですが、O型にはO型なりの、苦悩もあるのです。

私の場合、あまりにもズボラで怠惰であるが故に、そのズボラさや怠惰さが生み出した結果に、自分でウンザリしてしまう。たとえば服の取り扱い方、といった行為を見ていると、私のような者と几帳面な人との差異が最も顕著にあらわれて、落ち込む

のです。

まず、洋服を買ってきたところから話は始まります。おそらく几帳面な人は、洋服を買って家に帰ってきたら、すぐに袋から服を取り出し、クローゼットにかけたりするのでしょう。

しかし、私は違います。洋服を買って帰っても、お茶なんか飲んでテレビを見たりしているうちに、袋のことを忘れてしまう。下手をすると、何日もそのまま放置してあったりもするのです。

脱いだ洋服の処理の仕方も、問題です。几帳面な人は、洗うものは洗う、たたむものはたたむと、脱いだ服をとにかくその場から無くすようにするものです。

対してズボラな人は、脱いだ服をなーんとなく椅子の上か何かにかけておいて、そのまま放置しがち。さらに次の日に脱いだ服がその上に重ねられ、また重ねられ……と、古代から堆積している地層の様を呈してくる。

結果、いざ一番下にある服を着たい時に、

「どこにも無い！」

と、あせる。運良く発掘されたとしても、

「シワシワで着られない！」

となってしまうのです。

洗濯の仕方も、あちらとこちらとではおおいに異なるようです。あちら側の人は、色落ちするもの、ネットに入れるもの、手洗いするもの、クリーニングに出すもの……ときちんと仕分けし、それなりに洗う。しかしこちら側の人は、まとめて洗濯機に突っ込んで、白いTシャツが水色に染まってしまったり、型崩れしたりで、着られない洋服がまた増える……。

そして何よりも、私が「ああ、アタシって本当にズボラだ！」と深く感じるのは、洋服の着脱の時、なのです。

たとえば前あきの、カーディガン。几帳面な人（っていうか普通の人）ならば、前にボタンが六つついていたとしたらそれを一つずつ全て外してから、脱ぐものです。ところが私のような人はつい、「ボタンを全部外すの、面倒臭い……」と思ってしまうのですね。

ではどうするのかといえば、一番上とその次くらいのボタンだけを外し、丸首のセーターを脱ぐようにして、上から脱ぐのです。もちろんそのままたたんでしまうから、次に着る時もボタンはかかりっ放し。また丸首セーターのように上から着る、と。

普段の生活の中では、本当に自然にこの着脱法を行なっているのですが、いざ旅行となって、他人の前で着替えなければならない時は、細心の注意を払うようにしています。

温泉に入ろう、などという時、いつもの調子で上のボタンだけ外し、ガッと脱ごうとしてふと友人を見てみれば、彼女は、ていねいに一個ずつボタンを外して、脱いでいる。「そうだ、私の脱ぎ方って、実はまともではなかったのだ……」ということに、ふと気づかされます。

恥ずかしさもあり、気をとり直して自分も一個ずつボタンを外してみるのです。

……が、とてもまどろっこしいのです。下の方のボタンまで外すという作業が、無駄に思えてしょうがない。「こんなの本当のアタシじゃないっ！」という気持ちも、あります。いつもはガサツに脱いでいるのに、人目があるからといって几帳面なフリをするなんて、アタシは偽善者だ……！　という感じ。

かといって、

「これがアタシのやり方なんスよ」

などと言い切り、人前で「ガサツ脱ぎ」をすることも、どうしてもできない。「アタシはガサツ」という事実は、やっぱり恥だったりするので。

温泉から帰ってから、「私ももう大人。いつまでも『ガサツ脱ぎ』なんてしていないで、人前でもちゃんと着替えられるようにならなくては！」と決心することもあります。で、しばらくは前のボタンを全て外してから、衣服の着脱をしてみる。

最初のうちは、「何だか私もこれでようやく大人になったって感じね」などと思いつつ、ボタンをいちいち六個ずつ、外したりかけたりしているのです。しかし二、三日たつと、途端に面倒臭くなってくる。「外してもまたかけるようなボタンを、どうしていちいち全部外さなくてはならんのだーッ！」とイラつき、またすぐ元の「ガサツ脱ぎ」へ。ふと気がつけば、カーディガンとその下に着るブラウスは一緒に脱ぐし、脱いだズボンは足にひっかけて手元まで持ち上げるしと、すっかり元の木阿弥《もくあみ》で……。

このような性癖は、生活のありとあらゆる場面であらわれます。たくさん荷物を持って外出から帰った時、いったん荷物を置いてから靴を脱げばいいのに、「荷物を置くとまたそれを持ち上げるのが面倒臭い」というものすごい理由から、そのまま靴を脱ごうとする。その結果、なかなか靴が脱げない上に靴の型が崩れ、結局どうしても脱げなくて荷物を下に置かざるを得なくなったりして、「面倒臭い」と思うことで、ますます面倒臭い結果を引き起こしてしまう。

思い起こせば、実家に住んでいた時分は、今よりさらに過激にズボラだったのでした。衣替えだの洗濯だのといった、全ての面倒臭い行為は親に押しつけることができた。だのに、狭い部屋の中は常に、大地震直後のような混乱状態だった。

実家から出た今、衣替えは世間の基準より一、二カ月は遅れ、シーツ交換の頻度は著しく少なくはあるものの、一応は自分でこなしている私。歩みは尋常でなく遅いもののの、着実に進歩はしている……のかもしれません。

実は今も、夏物のパンツが一着、どうしてもクローゼットの中から見つからずに困っているところです。なくなるはずはないのに、どこを探しても、ない。とても気に入っているパンツだったのに、ハテどこに……？

几帳面な人であればこんな時、発狂せんばかりに必死に探すのでしょう。なかったらなかったで、深ーく落胆するに違いない。

私のような者は、そんな心理に陥ることは、ありません。「まぁいいかー、そのうちきっと見つかるだろうし。そのパンツがないからって、夏が越せないわけでもないし」と、すぐに諦めてしまう。

この「物事をつきつめて考えない」という性質からくるストレスの無さは、ボタンを外さずに脱いで裏返ったままベッドの上に放置されているカーディガンを後から見た時のウンザリする気分を、カバーして余りあるものなのだと思います。だからこそ私は、ずっとズボラで居続けることができる。……って言うか、そうでも理屈づけしないとやってられない、ということでもあるのですが。

「連れていってもらいたい」煩悩

誰かと外でごはんを食べよう、という時。

「どこの店に行こうか？」

ということになって、

「この辺だと、和食なら○○。中華なら××。イタリアンなら☆☆がおいしいわよね」

と、予算やメンツなども鑑《かんが》みた上でテキパキと言うことができる人と、

「えーっ、あたしよく知らなーい。どこでもいーい」

と、ハナから考える気など無い人が、世の中にはいるものです。

私は、どちらかというと後者です。なぜなら私、誰かにどこかに「連れていってもらう」のが、だーい好きだから。

若い頃は、特にその傾向が激しかったものです。女性の場合、若いというだけであ

る程度、色々な場所に「連れていってもらう」ことができます。食事に限らず、旅行だろうがゴルフだろうが、ちょっとしたイベント性のある行動をとる時は必ず、誰かの立てた計画に乗るだけ、でよかったのです。

何にせよ、「連れていってもらう」というのは、とってもラクなことです。自分では全く責任を負わなくても、他人の手によってすっかりお膳立《ぜんだ》てができている。ちょっとおべっかを使ったり愛想をふりまいたりさえしていれば、敷かれたレールの上をただ走るだけでいい。

他人の意思で動くなんて嫌、というハナから自立心旺盛な人も、時にはいます。しかし「連れていってもらう」ことの快感は、多くの女性にとっては麻薬のようなもの。デートで、ボーイフレンドに遊園地に連れていってもらう。会社の上司に、おいしいレストランに連れていってもらう。年上の女友達に、ひなびた温泉に連れていってもらう……。手を引かれて未知の世界を見せてもらうのは、何と楽しいことか。

ふと気がつくと、「連れていってもらう」ことだけで毎日を楽しく過ごすことができるので、若い女性は「みんなが私のことをこんなに色々なところに連れ回してくれて。私って人気者なのだなー」とか、「一生こんな暮らしが続くのかもしれないなー」

と思ってしまうことがあります。

が、それは誤解であることが多い。そこで慢心するか否かで、彼女のその後の生きざまは違ってくるとも言えましょう。

そう、女性もある程度年齢を重ねると、そうそう「連れていってもらう」ばかりではやっていけなくなるのです。永遠に続くように思えた「連れ回され盛り」の時期は、いずれ終わります。そうなったら、どこかへ行きたい時は自分で考えて行動しなくてはならないし、時には年下の男子や女子を、自分が「連れていってあげる」ようにしなければならなくなってくる。

この時に、

「えーっ、あたしよくわかんないんだけど……。どうするー？」

と立ち往生するか、

「じゃあ、ここに行きましょう」

と決断を下すことができるか。その辺に、漫然と大人になってしまった人と、着々と大人になる準備をしてきた人との違いが、表れるのです。

友達と旅行に行くという時も、その差は明確に出てきます。きちんと大人になった

人同士が一緒に旅をする場合は、

「私が飛行機の手配をするわ」

「じゃあ、私は良さそうなホテルをインターネットで調べておく」

ってなことになり、面倒な作業を分担することによって、スムーズに旅行の手配ができる。

しかし、メンバーの中に「連れてって病」がまだ治っていない人が交じっていると、事は遅々として進みません。

「どんなホテルがいい？」

「えーっ、アタシわかんない。どこでもいいから適当に予約してー」

とか。

「エステはタラソにする？　クレイにする？」

「えーっ、どっちもやりたーい。どっちにするー？　みんなと一緒でいいや」

とか。ひどい人になると、

「どこに旅行に行こうか？」

「えーっ、どこでもいいって感じー。決めて決めてー」

ということになり、大人度が少しでも上の人に、どんどん負担がかかってしまうことになる。

大人になっても「連れてって病」が治らない人は、こうして既に大人になった友人から疎《うと》んじられていくわりです。が、下手に「連れてって病」を治さない方がいいのだ、という意見もあります。

「連れてって病」キャリアの人というのは、ふと気がつくと、誰かと結婚していたりします。彼女は非常に冷静に、「私の性格を考えると、下手に自立の道を歩むよりも、頼りになる男性にずっと手を引いてもらい続ける生き方の方が合っているに違いない」という判断を下している。

一生誰かにどこかに連れていってもらい続けることができるのであれば、こんなにラクなことはありません。それはそれで、非常に賢い生き方であると言わざるを得ない。

対して、「何でもちゃんと自分でできるようにしなくっちゃあっ！」と、どの店で何を食べるとか、旅行の手配とか、全てを自分でテキパキできてしまう人というのは、あまりにも自立しすぎているが故に、異性に頼る、ということを潔しとしない。結果、ふと気がつくと自立も度が過ぎて、誰も近寄れなくなっていたりする。

とはいえ、自分の力で歩くことができるのは、何ら悪いことではない。問題なのは、「中途半端な自立」でしょう。自分の年齢だけを見て、「この歳《とし》になって、あんまり他人に頼ってばかりじゃいけないなぁ」と、思う。だから、顔馴染《なじ》みのおいしいお店に、友達を連れていく、くらいのことはできるようになった。しかし実は、底の方に「連れてって病」の菌が潜《ひそ》んでおり、本当に面倒臭いことにぶち当たった時、

「やってぇー」

「決めてぇー」

「連れてってぇー」

と依頼心が爆発、ということになってしまう、という症状が。

私自身が、まさにこれなのです。甘えたいのなら、大人になっても徹底的に「連れてって」の姿勢を崩さずにいればよかったものを、「それもダサいよねー」などとなまじっかな自立心を養おうとしてしまった。

旅行の時も、本当は友達に、

「面倒臭いし、わかんなーい。任せるから決めといてー」

としなだれかかりたいのに、つい格好をつけて、

「ホテルは私が」

なんて言ってしまう。でも、泊まりたいホテルが満室などと言われるとさっさとくじけて、作業停止。その結果、

「どこも満室みたいなのよ」

と嘘までついてみたりして。

他人にどこかに連れていってもらいたいなどという甘い夢は捨て、全ての面で、自立をするか。それとも「私は一生、誰かにどこかに連れていってもらい続けるのだ」と堅い決心をして、さっさと結婚などするか。どちらかの道を選ばない限り、今という時代は、意外と生き難《にく》いのかもしれません。

「他人の離婚を望む」煩悩

以前、『ねる様の踏み絵』という、とんねるずの番組があったことを記憶している方は多いかと思います。この番組は、若い男女のカップルが何組か出てきて、それぞれが自分の相手に対する不満をブチまけた後、他のカップルの異性と集団見合いのようなことをし、最終的に元のさやに納まる「モトサヤ」か、他のカップルの異性を選ぶ「スワップ」かを選択する、というものでした。

「スワップ」でカップルになった二人は、初対面というのにその場でキス。元の彼、元の彼女を歯ぎしりさせるというのが一つの見せ場でした。あまりにあっけらかんとしたパートナーの乗り換え、及びあっけらかんとしたその場キス、及び観客として存在する大勢の若者達（「餓鬼」と名付けられていた）の態度があまりに下品なせいか、その番組は割と早く終わってしまったのですが、人間の煩悩を見るという意味においては、実に優れた番組だったような気もします。

カップルが「モトサヤ」で合意すると、その番組は盛り下がりました。会場の「餓鬼」達はブーイング。私達視聴者も、「チッ、つまんねぇの」と心の中で舌打ちをしていたものです。本当は、元々存在したカップルが、危機はあったものの再び仲直りをするのは非常に結構なことなのです。しかし、「やっぱりヒロシが一番いいかなぁって……」などと言いながらのディープキス（モトサヤのカップルも、その場でキスをすることになっていた）を見せられると、しらーっとした気持ちになってしまう。

これぞ、「他人の不幸は自分の幸福、他人の幸福は自分の不幸」という心理の典型的な表れであると言えましょう。よそのカップルの崩壊の現場を目のあたりにすると心が沸き立つようなのだけれど、下手に危機を乗り越えられたりすると、ムカついてしまう。

なぜ他人の不幸は自分の幸福につながるのか。と考えると、つまりは安心できるから、なのだと思います。不幸な人が一人生み出されると、人は「自分より不幸な人が最低一人はいるのだ」と安心することができる。とりあえず自分はビリではない、と思うことができるのです。

高校生の頃、テストの答案を返されて、隣に座っている子の点数がチラッと見えてしまった時、自分よりその点数が低いと、非常に安心できました。さらに平均点が発表され、自分の点数が平均点より少しでも高いと、もひとつ安心することができた。「最低ではない」「中より上だ」という保証は、私達に大きな安らぎを与えることができるのです。

最近は、友達同士の会話の中で、

「○○ちゃんのところ、もしかしたら離婚しちゃうかもしれないんだって」

「えーっ、なんで？」

「なんか、旦那さんの女遊びがひどいらしいわよ。あとお酒を飲むと、たまに殴ったりもするんだって」

「えーっ、マジー？」

といった話題が出てくることが少なくありません。この時、「○○ちゃん夫婦の危機」を話題にする友人達の瞳も、そしておそらくは私自身の瞳も、希望によって爛々《らんらん》と輝いているのです。

その希望とは、「なんとか仲直りをしてほしい」という意味を持つものではありません。誤解を恐れず正直に書けば、「もし○○ちゃん夫婦が本当に離婚したら面白いのに」という希望が、そこには確実に存在する。

そんな恐ろしい希望を胸に抱く私達は、ごく普通の人間です。既婚・未婚は問いません。特に性格がねじまがっているというわけでもなく、友達が病気になれば心配し、赤ちゃんや犬猫を見れば「キャー、可愛いっ！」と叫ぶ、平均的な女性の感覚を持った人々なのです。

しかし私達は、友達の離婚を密かに望む。特に○○ちゃんが、お金持ちと結婚して、何ひとつ不自由のないハッピーな暮らしをしていたりすると、なおさらです。

既婚者のA子さんは、「うちの夫の年収は目茶苦茶低くて、アタシなんか一生懸命節約してやっと生活してるのに、なんで○○ちゃんはちょっと可愛いくらいであんな楽な生活してるわけ？」と常日頃から思っていました。だから○○ちゃん夫婦の危機説を聞いた時は、「ざまあ……」と胸が躍るようだった。

もちろん、それを正直に顔に出してしまっては人格を疑われることはわかっているので、

「えっ？　○○ちゃん、可哀相。前はあんなに仲が良さそうだったのに……」

と、心配しているフリ。本当に○○ちゃんが離婚した暁には、

「お金がありすぎるっていうのも、考えものかもしれないわね。うちなんかお金はないけれど、夫婦が仲良くやっていけるっていうのが何よりの財産だわ」

などと友達と話しつつ、「今、確実に○○ちゃんよりも幸福な自分」を噛みしめるのでした。

独身者のB子さんも、やはりかねてより○○ちゃんの存在はハナについていました。

「自分の方が先に結婚したからって、『あなたも早く結婚しなさいよ、いいわよぅ、結婚って』なんて自慢気に言いやがって……」と、思っていた。だから危機説を聞いた時は、心配しているフリをしながらも、実は「いい気味」と思っていたのです。

○○ちゃんの離婚後は、

「あの子ってけっこう結婚に命かけてたからさぁ、今は参ってるんじゃないの？」

とやはり同情したフリは続けながらも、喜びが抑え切れない。鬼の首でも取ったかのように、

「○○ちゃん、とうとう離婚しちゃったらしいよ……」

と、色々な友達に言い触らすのでした。

　A子さんもB子さんも、○○ちゃんの不幸を心から望んでいるわけではないのです。離婚後、初めて○○ちゃんと会った時、彼女がやつれて痩せているのを見ると、かつて「ざまあ……」と思ったA子さんも、また「いい気味」と思ったB子さんも、一生懸命に○○ちゃんを慰めます。それは「アタシは○○ちゃんに比べたらずっと幸福な立場にいるのだから、可哀相な○○ちゃんを元気づけてあげなくちゃ」という優越感からくる態度なのですが、実は心のどこかで後悔もしているのです。

　彼女達の胸には、危機説が囁かれていた時、たとえ一瞬でも、心の中で「離婚すればいいのに」と悪魔に祈ってしまったことに対する悔恨が、湧いてくる。「まさか本当に離婚するなんて……。あれは冗談です、いつも○○ちゃんが幸せそうなのが羨ましくて、ついあんなことを思ってしまっただけで、本気じゃなかったんです」と悪魔に対して取り消しを頼みたいような気持ち。その罪悪感もあって、彼女達は傷心の○○ちゃんに優しくし、どこかで「ごめんなさい神様。どうかこれから○○ちゃんを幸せにしてあげて下さい」と祈っている。

　自分がどれくらい幸福でどれくらい不幸か。それらを素直に感じとることは、実はとても難しいことなのでしょう。だからこそ私達は、自分と他人を比べてみて、自分の位置を確認する。そしてついつい、他人の不幸に密かにほくそ笑んでしまう。本当に、人間って弱いものだと思います。

「ドタキャンしたい」煩悩

　誰かから、

「○日の夜、空《あ》いてる？」

　と食事に誘われた時、

「えーとね、もしかしたらその日に何かあるかもしれなくて、今はちょっとわからないから、また後で返事をするわ……」

　と、曖昧な答えしかしない人が、いるものです。

　その手の人がなぜ「大丈夫」とか「ダメ」とかハッキリと答えをしないかというと、腹の中に「本当はその日の夜は何も予定は入っていないけれど、今安易にOKしちゃったら、後からもっと楽しそうな予定が入った時に面倒だもんな……」という思いがあるから、なのです。

　これがもし、違う相手から誘われたとしたら、話は違います。大好きな異性からの

誘いであれば、間髪《かんはつ》をいれずに、

「空いてるわよ、その日なら」

ということになる。つまり「今ちょっとわからないから、また後で」という返事をされた相手というのは、誘われた当人にとってはさほど重要な人ではない、と言うことができるのです。

世の中では、「先着順」という単純な方法に対する信仰が、根強いものです。行列を作っているのに横入りすると、並んでいる人から厳しく叱責《しっせき》される。

そういえば私が小学生の頃、Aちゃんのお誕生日会に招かれていた同じ日に、後からBちゃんのお誕生会にも招かれ、Bちゃんの方が好きだから本当はそちらに行きたかったのだけれど、親から、

「先に誘ってくれたのはAちゃんでしょっ」

と言われ、非常に残念な気持ちでBちゃんの招待を断った、という思い出がありま す。

前述のような、誘われても「今はわからない」と曖昧な答え方しかしない人というのは、この「世の中、先着順」という幼い頃からの教えが、骨まで染みついている人、

とも言うことができます。

「先に誘われてOKした人との約束は、守らなければならない」と信じているから、イマイチな誘いに対しては、つい結論を先のばししてしまうのです。

そんな人も、大人になるにつれて「世の中、先着順だけで動いているわけではない」ということが理解できてくるものです。予約が困難な店でも、そのお店の人と知り合いであれば、スッと入れる。全席売り切れのコンサートも、コネがあればアリーナど真ん中の関係者席に座ることができる。

世の中の裏側を見てしまうと、先にしていた約束に縛られることも、馬鹿馬鹿しく思えてきます。たとえばAさんから食事に誘われていた日に、Aさんよりもずっと魅力的なBさんから電話があって、

「今日、一緒にコンサートに行かない？」

なんて誘われたとする。

すると、「先着順」が大切であることはもちろんわかっているのだけれど、どうしても我慢できずにAさんに電話してしまうのです。そして、

「ごめんなさーい、どうしてもやらなくちゃならない仕事が入ってしまって……」

とか、

「ゴホンゴホン、すみません風邪をひいてしまって今日はちょっと無理……」

と、嘘をつく。

こういった手法は通常、「ドタキャン」と言われています。女同士で、

「明日の夜、食事でもしよっかー」

とか言っていたのに、その後で片方に男性からの誘いがあったりすると、よく用いられる手。

若い時は、ドタキャンされることにいちいちムッとしていたものです。

「あの子は女友達よりも男の方が大切なのよねッ！」

と、「ドタキャンのミサコ」などと呼ばれる友人の悪口を言っていた。

しかし時がたつにつれ、「そんなモンはお互い様なのだな」ということが、わかってくるのです。気がつけば自分だって、同じ立場になった時にはドタキャンをしている。ドタキャンをする友人に対する腹立たしい気持ちというのは、自分がモテないが故の嫉妬心の裏返しだったのです。

モテない女性同士の仲良しグループを見ていると、そこでは妙に「先着順」の掟が

強く守られたりしているものです。と言うより、モテないからこそ、女同士の約束は苦もなく守ることができる。もういい加減大人なのに、

「女同士の約束を破って、男の人を優先する人って、嫌ァね」

などと、牽制し合ったり、

「女友達を大切にしすぎるから、私は男の人に縁が無いのね」

と、妙な理論で言い訳をしたり。周囲を見ていても、モテる人ほど、他人のドタキャンには寛容であると言うことができるでしょう。

モテ慣れしていない私は、ドタキャンすることにも、慣れていません。バッティングしてしまったAという誘いとBという誘いを心の中で天秤《てんびん》にかけ、どちらが自分にとって有利な誘いか、楽しい誘いか、と考えてしまう自分の計算高さがわかると深い罪悪感を覚えてしまう。

かといってドタキャンする時、

「あなたと会うよりもっと面白い誘いを受けたので、そちらに行きます」

とまでは正直になることができません。Aよりは Bの方が良いのだけれど、だからといってAも失いたくはないというスケベ心が、そこにはある。

ドタキャンの報告が終わり、

「じゃあまた今度、会いましょうね」

ということになって電話を切ると、妙に気分が晴れ晴れとしていることに気づくものです。「先に約束していたものを断るなんて」という後ろめたい気持ちも、いざ断ってしまえば何ということはない。

「ヨッシャーッ、これで思いっ切り遊べるぞーっ！」

と、叫びたくなったりして。

先着順なんてナンセンス、ドタキャンが当たり前、という世界もあります。それは、恋愛の世界と、経済の世界。恋愛の世界においては、先に付き合った人の方が偉いとか有利といったことは全くありません。むしろ、「いかに上手にドタキャンをするか」が良い恋愛をする上で重要だったりする。

付き合っている人がいても、後から出てきた人がその人よりも良かった場合は、そちらに乗り換える。「この人とは三年も前から付き合っているしなあ」などと相手が暴力男にもかかわらず、先着順の理論に縛られている人は、一生殴られ続けなくてはならない。

経済の世界においても、同じでしょう。

「B社の見積もりよりもA社の見積もりは高いけれど、A社とは長いお付き合いをしているから、A社にしましょう」

などと先着順で取引先を選んでいたら、その会社は潰れてしまう。常に良い条件を選び続けなくてはならないのです。

てなわけで、「先着順」が非常にのどかなシステムに思えてしまう今。ドタキャンをしつつされつつ生きていく覚悟を、私達はしなくてはならないのでしょう。

「酔っ払いが寝過ごしてほしいと願う」煩悩

夜、電車に酔っ払いが座っていたとしましょう。彼は完全に眠りこけており、電車が終点に着いたことにも、気づかない。

そんな酔っ払いを見た時に人はどうするか。優しい人、そして面倒見の良い人は、

「終点ですよ！」

と酔っ払いに声をかけ、起こしてあげるものです。しかしたいていの人は、見て見ぬフリをして、酔っ払いをそのままに、降りていってしまう。

私は、後者のタイプです。自分自身は、電車の中で爆睡して終点に着き、他人に起こされた経験数知れず（それも、お酒が飲めないのでシラフにもかかわらず）、なのですが、同じ親切を他人にしてあげたことはない。

声をかけるのはどうも恥ずかしい、という理由もあります。

「終点ですよ！」

と声をかけても酔っ払いはなかなか起きず、何度も何度も叫ぶ羽目になりやしないか、と余計な心配もするし。

私の心の中に、非常に意地悪な気持ちがあるのも、事実です。つまり私は、「終点に着いても酔っ払いが起きずに、さらに折り返して発車するまで眠り続けてほしい」とどこかで願っている。

終点に着く前から、周囲の乗客達は皆、酔っ払いがどんな行動をするかを、横目で観察しているものです。眠る酔っ払いの首は新生児並みに据わりが悪い上に、身体もグニャグニャ。しばしば、隣に座っている乗客の方に身体をガクン！　と折り曲げながら、彼は眠っている。時には隣の人の肩や膝に頭が乗っかりそうな角度でガクン！となることも、ある。

隣が女性だと、彼女は明らかに迷惑そうな顔をします。「アタシはこんな不幸な目に遭っている」ということを周囲の人にアピールしたいのです。

そんな人を見ると、可哀相に、とは思います。ですが、私を含め周囲の乗客は、酔っ払いがいかに隣の人に迷惑をかけるか、そして隣の女性がいかに露骨にイヤそうな表情をするかを、明らかに楽しみながら、見ている。退屈な通勤電車の中のささやかな娯楽とでも言いましょうか。

やがて隣に座っていた女性は、別の席が空いたので、スッと立ってしまいます。酔っ払いは、もたれていた存在が急に無くなったので、そのままストンと横に倒れたりする。それを見て周囲の客はまた、「やってくれた」という、ちょっとした満足感を味わう。

周囲の客達は、どこかで期待しているのです。「どうか終点に着いても、起きずに寝続けてほしい……」と。これはすなわち、「他人の不幸は蜜の味」という類《たぐい》の気持ちからくる期待なわけですが、それは同時に「何かを完成させたい」という欲求の表れでもあるような気もします。

私達は、「電車の中における酔っ払いは、こういう行動をしてほしい」という基準を、自分の中でそれぞれ持っているのです。ゲロだけは吐いてほしくないとは思っているものの、酔っ払いであるならば、隣の人にもたれかかってイヤな顔をされ、座席を占領し、寝言の一つも言ってほしい、という希望のようなものがある。

その「酔っ払いのとるべき行動」の総仕上げともいえるのが、「終点が来ても起きずに、折り返し発車する車内でも一人、ひたすら眠り続ける」ということ。

だから終点が来る直前に、酔っ払いがモゾモゾと動きだしたりすると、周囲の乗客は「起きないといいけどなー」と念じ、ハタと目を覚まして下車していったりすると、「チッ、起きちまいやがった。つまんねぇの」と、思う。

酔っ払いが終点に着いても眠り続けている場合、周囲の乗客達の表情は、非常に穏やかです。それはまるで、ハッピーエンドの映画を観終わって、映画館から出てくる人のような顔。「見届けた」という満足感が、そこには表れている。

「寝過ごす酔っ払い」というのは、他の「寝過ごさない乗客達」に幸福をもたらす存在なのです。寝過ごさない乗客達は、寝過ごす酔っ払いを見て、

「ああ、自分はちゃんと寝過ごさずに目的地の駅で下車し、家路につこうとしている。少なくとも今の時点において、私はまともな人間として駅を歩いているのだ！」

という自己の存在確認をすることができるから。

人々に幸せをもたらす、天使のような存在の、「寝過ごす酔っ払い」。であるからして、

「終点ですよ！」

と酔っ払いをゆすり起こしてあげる心優しい人の存在は、時として邪魔にすら思え

るものです。

酔っ払いは、

「えっ、あっ、ウ……」

などと母音を切れ切れに洩らしながら席を立ちます。本当はもっと手前の駅で降りるべきで、とっくに乗り過ごしているのかもしれませんが、とりあえず起こされると酔っ払いは電車を降りるもの。

それを見て、その他乗客達は、それぞれ薄ーく、「余計なことしやがって……」と思っているのです。周囲の乗客達も、その日一日、つらいことがそれぞれあった。会社ではトラブル続き。上司には怒られ、部下には陰で無能呼ばわりされ、得意先には突き上げられ……。

もしも酔っ払いが眠り続けてくれれば、それらのつらいことは全て、折り返し電車の中の酔っ払いと一緒に、遠くへ流れていってしまうような気がしていたのです。

それなのに、ああそれなのに。どこからか親切な人がやってきて、酔っ払いを起こしてしまった。腹の中には、不満が宿便のようにこびりついたまま残ってしまう……。

しかし、希望を捨ててはなりません。終着駅のホームを歩きだした酔っ払いの足取りは、おぼつかない。まるでコメディアンが酔っ払いをする時のような歩き方を、実際にやっている。彼は、ホームのベンチによろよろと近づくと、そのままドサッとベンチに倒れ込み、一瞬のうちにまたもや熟睡態勢に……。

酔っ払っていない乗客達は、その姿を見て再び、ちょっとした幸福感を味わうのです。折り返し電車で眠り続けることはしなかったけれど、駅のベンチで寝てくれた。これで終電にも間に合わないであろう。まぁ、それでよしとしようか。

真っ赤な顔で口をぽかんと開け、シャツの裾をズボンからはみ出させ、鞄を地面に落として眠る、酔っ払い。その姿は確かに滑稽《こっけい》ですが、横を通り過ぎる人々にとっては、どこか神々しくも見える。「この人は、私達の苦しみを全て背負って、今ここで眠っているのだ」と優しく見守るように、そして祈るようにして、改札へと急ぐ一般乗客。これで明日も、元気に会社へ行けるかもしれない……。

「寝過ごす酔っ払い」とは、電車に乗った人全てのためにささげられる、いけにえの子羊のようなもの。「起こすな」とは言わないけれど、心のどこかで、「寝続けてくれればいいのにニャー」くらい思っても、許してくれますよねん、神様。

「夫の死を願う」煩悩

既に結婚している友人達と、おしゃべりをしていた時のこと。

「夫が死なないかなーって、たまに思うのよね……」

と、一人がつぶやきました。すると別の友人は、

「あっ、わかるわかるー」

と、同意するではありませんか。

二人とも、特に夫婦仲が悪いというわけではありません。子供も生まれ、家もローンで購入し……と、ごく一般的な、そして理想的な「幸せのコース」を歩んでいるように見える。それなのになぜ、夫の死を望むのか。

その場でただ一人の未婚者だった私が、

「えっ、なんで？」

と聞けば、

「だって夫が死ねば、この鬱々《うつうつ》とした状態の全てが変わるっていうかさぁ……」

と、夫帯者。

彼女達の話を聞いていると、夫の死を望む気持ちは、日々の生活を覆う「漠然とした不満足感」を取り払いたいという気持ちに通じることに気づきます。

彼女達は、決して不幸ではありません。が、ものすごくハッピー、という状態でもない。なぜ彼女達がハッピーでないかといえば、「ときめき」がないから、みたいです。

子供が生まれ、家も買った。安定は、している。しかしこれから先、自分自身の身には、心弾むような出来事は起こらないのかもしれない。ずっとこのまま、恋もせず、子供と夫の面倒だけ見て生きていくのか……？

「もうこれから一生『彼』ができないのかと思うと、気が狂いそうになるのよね」

と、友達は言いました。夫のことは、決して嫌いではないけれど、とっくに熱情のような気持ちは醒《さ》めており、「胸がドキドキする」なんて感覚は遠い彼方《かなた》のものに。

彼女達は学生の頃、とても華やかでした。おしゃれをして、毎日楽しく遊んでいた。男の子にもモテ、一つの恋が終わっても、すぐに次の恋がやってくることが確信できていた。

そんな彼女達は、「人生の主役は自分」という状態が、ごく当たり前のものになっています。だからこそ、「この先、私が主役になって、私がドキドキするようなことは、もう一生ないのかも」と想像すると、恐ろしくなるのです。自分の存在意義が、だんだんと浸食されていくような気分なのだと思う。

そんなモヤモヤとした不安と不満を一挙に解決してくれそうな出来事が、「夫の死」です。不慮の事故などで、夫がポックリ逝《い》ったとする。すると妻は、「幼子を抱えて残された可哀相な若妻」になることができる。

「きっとみんな私に同情してくれるでしょ。私もきっと悲しいと思うのよ。その時のこと想像すると、涙が出ちゃうもの」

と、自分で「死ねばいい」とか言っていたのに、シュンとする。ここまでは、「悲劇のヒロインになりたい」という煩悩です。

次の瞬間、彼女は顔を輝かせます。

「でもそうしたら、私と子供だけで、自由に生きていける！　夫の生命保険で家のローンもチャラになるし、そしたらまた彼とかつくって、デートとかして……」

と、夢を語り始めるのです。何だかその姿は、まだ学生時代に、「将来は外交官と結婚して、外国に住んで、毎晩パーティーをやって……」と夢を語っていた時のように、生き生きとして楽しそう。

この話を聞いて、「ゲッ、林真須美（忘れている方に注：和歌山カレー事件の人、です）……」と思う方は多いかもしれません。が、彼女達は「死ねばいいのに」と淡ーく思っているだけであって、「殺したい」と思っているわけでは決して、ない。この違いは、実に大きい。

「夫の死を望む妻」と聞くと、真面目な人は眉をひそめるのでしょうが、しかし「死ねばいいのに」というのは、意外とカジュアルな、誰しもがしばしば考える煩悩なのです。「ゲッ」と眉をひそめるほどの邪悪さは、そこには込められていない。

たとえば学生時代、先生から怒られてばかりの大嫌いな授業の前日、「今日、あの先生が死んじゃえば、明日は授業が無くなるのに」と思ったものです。おそらく、厳しい先生の授業の前は、実に多くの生徒が同じことを願っていたと思うのですが、それでも先生は死なない。ついでに言えば、突然学校が火事で燃えちゃう、なんてことも無かった。

不倫をしている男性というのも、この手のことを願いがちです。不倫相手のことは、好き。でも妻と別れるほどではない。という時に男性は、「妻がポックリ死ねば、万事丸くおさまるのになぁ」と漠然と思うでしょう。だからといって、殺そうとは思わない。

不倫相手の女性の方も、「あの人の奥さんが死んじゃえばいいのに」としばしば思うものです。でも、「相手の奥さん」は、絶対に死にません。

「相手の奥さん」は「相手の奥さん」で、夫の不倫相手の女性に対して「死ねばいいのに」と思っています。憎しみが増すと、自分の夫に対しても「死んでしまえっ！」と思ったりもする。ということで不倫は、みんなで「死ねばいいのに」と思いっこするという、堂々巡りのお付き合いなわけです。でも、誰も死にません。

また、「親が飛行機事故でいっぺんに死んだらどんなにスッキリするだろうか。勉強をしなくても文句は言われないし、小遣いは使い放題、何時に帰ってきてもいいだなんて、極楽生活だ！」と一度でも願わない反抗期の子供がいましょうか。もちろん、いくら強く祈ろうと両親が乗った飛行機というのは、無事に離陸も着陸もするのです。

この「死ねばいいのに」という思いは、「自分が悪者にはならず、面倒臭いことも起こらず、今の状況がガラッと変わったらいいのになぁ」という、ハナっから無理を承知でする願いなのです。「ドラえもんの〝どこでもドア〟が欲しい」という願いと、ほぼレベルは一緒。そんな「無駄とわかっているささやかな願い」をする人は、殺人など決して犯さない良き市民であり、そしてたいてい、いくら願ったからといって、「状況」は変化しないのです。

以前、『シリアル・ママ』という映画がありました。これは、常識的な主婦と思われていた女性が実は、「死ねばいいのに」と思った相手を片っ端から殺しまくる殺人鬼だった、というコメディーなのですが。この映画がコメディーたり得るのも、普通の人が日常的に、誰かのことを「死ねばいいのに」と思っているという土壌があるからこそ、なのでしょう。

幼い子供は普通、ポジティブな欲求しか持っていないものです。「もっと背が伸びたらなぁ」「もっとうちがお金持ちだったらなぁ」「あのおもちゃが欲しいなぁ」「おやつ食べたいなぁ」というように。

しかし大人になっていく過程において、私達は知らず知らずのうちに、たくさんのものを背負い込むことになります。だからこそ、「痩せたいなぁ」とか「捨てたいなぁ」とか「もういらない」といった、ネガティブな方向の欲求が生まれる。

生きているうちにいつの間にか背負っている荷の中でも、最も重いものが、人間関係でしょう。私達は人と人とが複雑にからまり合った社会の中でしか、生きていくことはできない。その中から抜けることは不可能だということを知っているから、

「死んじゃわないかなぁ」

という欲求が、出てくるのではないでしょうか。

おそらく、妻が「夫が死んじゃわないかなぁ」などと考えている時、夫も「妻が死んじゃわないかなぁ」と考えていることでしょう。二人はそんなことを考えつつも、顔を合わせれば今日の夕食についての会話をし、子供の将来を真剣に考え、お互いの誕生日には贈り物をする。そしてお互い老人になった時は、「人から羨ましがられるような老夫婦」になっていたりするのです。もし万が一、どちらかが本当に死んでしまったら、喪失感に苦しみ、おおいに悲しむことでしょう。

大人にとって「死ねばいいのになぁ」と念じることは、一種の娯楽なのだと思います。それは、通勤電車に乗って、降車駅に着いた時、「ああ、このまま降りずに、ずっと遠くまで行ってしまったら……」と空想するようなもの。

多くの大人は、空想を空想のままで留めます。遠くに行きたいと思っても、降車駅になったら電車からちゃんと降りるし、死ねばいいのにと思っても、殺さないし呪わない。だからこそ、私達の社会のバランスはちゃんと保たれているのです。

そう考えると、「死ねばいいのに」という煩悩くらい、許してあげたいような気にもなってくるではありませんか。「この人が死んだらどうなる」と考えるのは、「しょせん、変わることは無いのだ」と諦め切ってしまっている人にとっては、ささやかな楽しみなのです。

ところで私も、誰かから「死ねばいいのに」と、思われているのでしょうか。そう思われているとしたら、ちょっと恐いような気もします。でも、誰からも「死ねばいいのに」と思われていないというのも、何となく寂しい感じ。

「死ねばいいのに」と思われるということは、それだけ存在感も強い、ということなのでしょう。誰からも、何とも思われていないよりも、それは幸せであるような、ないような……。

「他人のうんちが出なければいいなと思う」煩悩

楽しい旅行。しかし、出発前の私の胸には、常に心配事が一つ。それは、「……うんち……」というもの。

多くの女性は、便秘に悩んでいるものです。特に旅行中は、普段と環境も食べ物も違うということで、便秘は悪化しやすい。

私も、中学の修学旅行の時に「自分は旅行中に便秘になるのだなー」と気づいて以来、旅行時における便との闘いが続いています。

修学旅行の時は、旅館の押し入れに閉じこもって「便秘に効くポーズ」（コーラックのコマーシャルでやってた）をとり続けました。しかし何分たっても直腸が蠕動《ぜんどう》する気配は全く無く、「便秘で死んだらどうしようっ！」というものすごい恐怖感にさいなまれたものです。

まだその頃は幼かったので、

「うんち出た?」

「出なーい」

といったフランクな会話を友達と交わし、悩みを分かち合うことができませんでした。「ふんづまりだなんて、こんな恥ずかしいこと、友達には言えない!」と、誰もが孤独のうちに悶々《もんもん》としていたのです。

大人になってくると、次第に「旅行の時に便秘になるのは私だけではないのだ」ということがわかってきます。さらには、「一週間くらいうんちが出なくても、ぜんぜん平気なのだ」ということも、わかってくる。

となると、旅行の時も少しは気がラクになってきます。便秘になることに変わりはありませんが、「私だけではない」と安心することができる。さらには、

「私、昨日の夜に便秘薬服《の》んだのに、まだ出てなーい。今日、歩いている途中に突然『ウッ』とかなるかもしれないけど、そしたらみんなでトイレ探してねー」

などと、あらかじめ事情を説明しておくこともできるのです。

たとえば女二人旅、という時。相手も便秘持ちという時、私は妙に安心します。

「便秘は道連れ。死なばもろとも……」という感じで。旅が始まれば、

「出たぁ？」

「出なぁい」

という応酬が毎日繰り返され、「自分も出ていないが、相手も出ていない」ということを確認しては、心を平穏に保つ。

が、しかし。どちらか片方が、

「あなたには悪いんだけど、今朝私……うふふ」

などと便秘解消を告白すると、もう片方はとっても、イヤーな気分になる。

「えっ、良かったじゃない。いいなぁ」

などと口では言いながらも、「なんでこの人だけ……」と、あせりが募るのです。

これが三泊四日の香港旅行であれば、全く出ないままに日本に帰っても、どうということはありません。しかしヨーロッパ十日間の旅ともなると、その間一回も出さないでいるのは、ちと勇気がいる。もちろん便秘の気がある人は便秘薬を持ってきてはいるのですが、特にトイレ事情がよくわからない海外旅行先においては、それをいつ服用するかというタイミングが、ものすごく難しいのです。

二人とも便秘というのなら、「いつ便秘薬を服むか」とか「乾燥イチジク（浣腸じゃなくて、食べるやつ）がキクらしい」といった便秘情報を友と交換しつつ、励まし合いつつ旅を乗り切ることができます。しかし、片方が便秘から脱却してしまったら……？

残された方は、戦場に一人ぼっちでとり残された気分。便秘を解消した方は、

「あーっ、やっぱりお腹が空くわねぇ。食事がおいしいわっ！」

と、悪気はないのだけれど、便秘者のカンに障る言動を繰り返す。その上、先輩ぶって、

「朝、冷たい牛乳をイッキ飲みするといいんじゃないかしら？」

などとアドバイスまでしだす。「てめぇだってさっきまではふんづまりだったクセに偉そうによーぉ……」とムカつく、便秘者。

女同士の旅行においては、自分では「排便しなくちゃ！」と限りない努力をしつつも、心のどこかで一緒に行く相手に対しては「排便しませんように」と願っていたりするものなのです。「一人だけ幸せになるなんて、ナシよ」ってやつ。

中には、自分は排便に成功したのに、友達がまだ便秘続行中だからと、自らの成功を自分からは口にしない人もいます。

しかし、「当然この人もまだ便秘だろう」と信じ込んでいる友達から、

「うんち、出たー？」

と聞かれると、「別にこんなことで嘘をついてもなぁ」と、

「あっ、実はさっき……」

と、告白してしまう。残された友は、激しいショックに見舞われる、と。

この「抜け駆けは、したい。でも抜け駆けされると、悔しい」という感じは、何かと似ています。たとえばそれは、「仲間うちで二人だけ未婚で残っている二十九歳の女友達」の関係。

二十九歳というのは、女性にとって微妙な年齢です。「二十代のうちに」と、駆け込み結婚をする人がいる。「結婚なんて別にいつでもいいし」と思っている人でも、あせっている友達を見ていると、ちょっとした焦燥感に駆られる。

そんな時、身近に「ぜーんぜん結婚しそうにない」という未婚仲間がいると、気分は楽です。特に女性の場合、未婚者と既婚者とでは、生活時間帯もライフスタイルも経済観念も合わなくなるので、未婚仲間同士は、自然とそれまでより親密に付き合うようになる。

未婚仲間でツルむのは、とても楽しいものです。が、「自分は、一人ぽっちではない」という安心感と同時に、「この子に先を越されたらくやしいなぁ」という不安も、そこにはある。「とはいっても、きっと私の方が先に結婚するんだろうけど」という根拠の無い自信を持っている人も、中にはいるのですが。

三十歳を間近にして突然、そんな未婚仲間の、どちらかの結婚が決まってしまうこともあります。結婚する方としては、「ごめんね、先に結婚しちゃって」と友に言いたいくらいの気分なのだけれど、そういった発言は相手に対して大変に失礼。とはいえやっぱり結婚の喜びは隠しきれず、

「忙しくって嫌になっちゃうー」

と、結婚の予定がない友達の前で、満面の笑み。

それはまさに、女二人で旅行中、どちらかのうんちが先に出てしまったような状態なのです。先を越された方は、内心穏やかでないにせよ、

「よかったねー、おめでとう！」

と、友を祝福する。先を越した方は、「あんまりおおっぴらに喜んじゃいけない」とは思いつつも、ついつい喜ぶ。

この「あんまりおおっぴらに喜んではいけない」という自制の気持ちが、喜びをさらに増加させる作用を持つのではないかと、私は思います。つまり「先にうんちが出た方」にしても「先に結婚する方」にしても、その嬉しさには、「自分の後塵《こうじん》を拝する人がいる」からこそ余計に嬉しい、という心理も含まれているのではないか。

一人旅をしている時に、便秘が解消されてうんちが出たとしても、もちろん嬉しいでしょう。しかし二人以上の旅で、友を差し置いてうんちが出た時は、「自分の後ろにまだ人がいる。自分はビリではない」と思うことができる。それが、ただ単に「うんちが出た」という喜びに、オプションとして追加される喜びなのです。

「ビリでもいいから、最後まで走ってゴールしなさい」

と、体育の時間に持久走をする時、先生から言われたような気がします。でも人間にはどうやら、「ビリにだけはなりたくない」という煩悩が、あるらしい。それはつまり、「自分ではない誰かがビリになってくれさえすればいい」という気持ちでもあって……。

競争は、美しいものとされています。トップを争って走る選手の、必死の表情がスローモーションで流れると、なぜか感動すらする。

しかしビリをなすりつけ合う行為が醜いものだとしたら、トップを争う競争がどうして美しいのか。トップが狙えそうな時はあくまでトップが欲しいともがき、ビリになってしまいそうな時はどうしてもビリにだけはなりたくないとセコく工作する私は、順位というものの魔力に、翻弄《ほんろう》されっ放しなのです。

「悲劇のヒロインになりたい」煩悩

子供の頃、兄と私はよく喧嘩をしました。時に兄は、ぶったり蹴ったりと、暴力で妹をいじめます。当然、力ではかなわない兄に対して、私はいつも「親の力」を利用しようとしました。

親が不在の時に喧嘩をする場合は、とりあえずはギリギリまで、必死に抵抗をする。でもいったん親が帰ってきたら、ものすごーく悲しそうに泣いてみたり、ぶたれたところを、実はもうとっくに痛くなくなっているのに「痛ぁい……」と押さえてみせたりするのです。

当然親は、

「妹をいじめるなんて！」

と、兄を怒る。そして私は、涙を流しながらも、「クックック、ざまーみやがれ」と心の中ではほくそ笑んでいたわけです。

この時私は明らかに、ある種の快感を覚えていました。それは、「兄に勝った快感」ではありません。

「まぁっ、順子ちゃん可哀相に！」

と、親から「可哀相」と思われることが、快感だったのです。

昔、『家なき子』というテレビドラマにおいて、子役だった安達祐実ちゃんが言った、

「同情するなら金をくれ！」

というセリフが有名になったことがありました。

私はといえば、ごく普通に育った割と幸せな子供だったので、あまり「同情」ということをされる機会がなかった。だからたまに同情されると、

「可哀相に」

と言われる甘さに、ウットリと酔ってしまったのです。

普通の女の子の多くは、私と同じような「同情されたい」という欲求、つまりは「悲劇のヒロイン」欲求を、持っていたと思います。たとえば、風邪すらはねのけるような、パツンパツンに健康体の女の子は、白血病や骨肉腫《こつにくしゅ》といった悲劇性の高い病

名に憧れていたものです。ちょっと腕が痛いと、

「骨肉腫かもしれない！」

と大騒ぎした。

また両親が、

「パパ」

「なんだいママ」

と呼び合っているような円満な家庭に育つ女の子は、まま母にいじめられる少女マンガの主人公の不幸が希少に思え、自らの平和すぎる家庭の崩壊を夢見た。

そういえば私も、トウシューズの中に意地悪なライバルから画鋲《がびょう》を仕込まれてしまったバレエマンガの主人公に、「ああ、それほどまでに妬《ねた》まれるなんて！」と憧れたものです。誰かが画鋲を入れたとあれば、皆が「可哀相に」と思ってくれるハズ。それもまた、羨ましかった。ああ、可哀相だって思われたいっ！

大きくなるにつれて私は、自分が悲劇のヒロインになることは不可能なのだ、ということに気づきました。悲劇のヒロインとなる人というのは、不幸の回避の仕方を知らないような、とことん純粋な人なのです。私のように、不幸が近づいてきたと思っ

たら、どんなに姑息《こそく》な手を使ってでも、その不幸を絶対に避けて通るような要領の良い人間では、決してない。

こうして、私の「悲劇のヒロイン」に対する憧れの気持ちは、煩悩へと変わりました。

たとえば会社員の時、私は何ひとつとして期限までに仕上げたことがないような、絵に描いたようなダメ社員でした。が、「あっ、そろそろ何もやってないのがバレそうだなっ」と危険を察知した時は、素早く「身体を壊しかねないほどに忙しい可哀相な下っ端社員」を装ったものです。

皆が昼食を食べに外出してガランとした昼休み、はげた口紅をあえて塗り直さずに（髪振り乱して仕事してます感を演出するため）、デスクでパン（それも、フォションのバゲットサンドとかじゃなくて、ヤキソバパン的な、ミジメ感の高いもの）を齧《かじ》りながら書類をめくっていると、後ろを通る優しい上司達は、

「大丈夫か？」

などと、心配して下さった。

当然私は、

「大丈夫ですっ……」

と、答えます。弱音を吐かないことによって、「あいつは健気に頑張っている。仕事はできないが努力は買おう」と思われようとしたのです。

　そうすると、二日後に期限が迫っている仕事に、私がなーんにも手をつけていないことがバレても、

「あいつも何だかやたらと忙しそうだったし……。しょうがないか」

　と、上司が尻拭《ぬぐ》いをしてくれた。

　私は、「可哀相だと思われたい」という煩悩を、自らの快楽のためではなく、責任回避のための手段として使用していたのです。さらには、「そうだわ、私はこんなに忙しくて可哀相なのだから、あの仕事に手が回らなくても仕方がないのだわ」と、自らを騙すことにも成功していた。

　この「可哀相だと思われたい」という煩悩のどこが醜いかといえば、「思われたい」という部分なのだと思います。嫌な上司から他人の分まで仕事を押しつけられたりとか、付き合っている男に殴られたりとか、意地悪なまま母にいじめられたりした時に、

「ああ、なんて可哀相なアタシ」

と、自分で自分を哀れんでカタルシスを楽しむというのは、健全なのです。

他人に「可哀相だと思われたい」となると、そこには「責任回避したい」とか、「誰かをおとしめたい」とか、何らかの下心がある。単なる趣味として、悲劇のヒロインになる楽しみを味わうだけには留まらなくなってくるのです。

他人から「可哀相だと思われたい」という煩悩を持っている人は、「悲劇のヒロインは私だけでいいのよ」という煩悩をも、併せ持っているものです。

「あたしって可哀相」と、自らの可哀相っぷりを自分だけで反芻《はんすう》できる人であれば、他者との関わりはそこに生じないのです。が、他人からも悲劇のヒロインとして認証してもらいたいという欲求を持つ人は、同業他者の存在を、許しません。「悲劇のヒロイン」だからこそ得られる様々な利権・特権を、独り占めしようとするのです。

たとえば、会社の中のある部において、悲劇のヒロインとしての地位を不動のものにしているA子さんがいるとしましょう。彼女は忙しさのあまり倒れたことがある上に、部の中で明らかにあまり好かれていない年配の女性社員からのイジメも受けており、周囲の男性社員からの「可哀相に」という視線を、一手に受けている。

A子さん本人は、イジメなど実はものとも思っていないのです。しかし自分に対す

る男性社員達の「悲劇のヒロイン観」をより強固なものにするため、飲み会の時などにチラッと、

「何で意地悪されるのか、わからなくって……」

などと、上司に洩らしてみる。で、

「A子クンは立派だ！」

みたいな評判を、ますます高める。

その部に、女子新入社員B子さんが配属されました。B子さんが来てからというもの、年配女性社員のイジメの矛先《ほこさき》が、A子さんからB子さんへと移りました。膨大な量の単純作業をB子さんに押しつけるため、B子さんはしばしば遅くまで残業。その上、B子さんは色白で痩せ気味なので、一人で残業しているとただならぬ悲壮感が漂います。

すると、「A子クンは可哀相」という空気がだんだんと「B子クンの方が可哀相」という風に、変わってきてしまったではありませんか。

「悲劇のヒロインは二人もいらなくってよっ！」

とA子さんは、B子さんが憎くてしょうがありません。

しかしここでA子さんがB子さんをいじめてしまっては、B子さんの「可哀相度」はますます上がってしまう。A子さんは、

「私が代わってあげるわ」

とB子さんを先に帰し、朝までかかって一人で残業をやってのけるという起死回生の荒技で、悲劇のヒロインの座を奪い返したのでした。めでたいんだか、めでたくないんだか……。

考えてみれば、「悲劇のヒロインになりたい」という気持ちは、実はその人が幸せな生活をしていることの、証明でもあります。本物の悲劇の中に身を置いている人は、悲劇のヒロインなどになりたくはなかろう。平穏に、何の問題も無く日々を過ごしていられるからこそ、「ちょっとした不幸」に甘美な匂いを感じるのです。

そういえば、「まま母」にヒロインがいじめられたり、意地悪なライバルがヒロインのトウシューズに画鋲を入れたりするマンガが流行《はや》ったのは、高度経済成長期と言われる時代でした。あれからずっと、私達は「満ち足りた時代」を生き続けており、だからこそ不幸の香りにひかれてしまう。とことん無駄な煩悩だなぁ……と、思うしかないのでした。

「アタシだけは違うと思いたい」煩悩

渋谷の駅に着いて、ハチ公側から出る。すると目の前には、巨大なスクランブル交差点が広がっています。交差点の手前にも、向こう側にも、人がいっぱい。今風の格好をした若者から、飲みに行くのかサラリーマンまで、種々雑多な人達が、信号待ちをしている。

歩行者用信号が青に変わると、その人達がいっせいに横断歩道を渡り始める。もちろん自分も、皆と同じように、歩き出す。タラタラ歩くお姉ちゃんを追い抜かそうとしたら向こうから来るオヤジとぶつかりそうになり、オヤジをよけようとしたら男子高校生に阻まれ……。

やっとの思いで交差点を渡り切った時、私は思うのです。

「おめぇら全員邪魔なんだよーッ。どっか行っちまえ！」

と。

東京という街は、どこへ行っても実に混《こ》んでいます。電車。デパート。地下道。そして、混んでいる場所で、必ず聞こえてくるセリフ。それが、

「えーっ、なんでこんなに人がいっぱいいるのー？」

というもの。

私もしばしばこの言葉を口にします。その時にすっかり忘れているのが、自分も「こんなにいっぱいいる」人の内の一人である、ということ。自分も、混雑をつくりだしている原因の一部なのに、「自分だけは特別」と、つい思ってしまうのです。

私は「明日着ていく服に合う靴が欲しい」のだから、ごった返している日曜日の新宿伊勢丹にいる正当な理由があるのだ。それに私は子供の頃から伊勢丹で買い物をしているわけで、ポッと出の顧客じゃないんだからね。だというのに、私の「正当なお買い物」を邪魔する、この有象無象《うぞうむぞう》達はなんだっていうの？　アンタ達、ロクな用事が無いんだったら早く家に帰りなさいよっ！……と、イライラしながら買い物をする。

冷静に考えれば、その他大勢のお客さんは、私からイラっかれる筋合いなど何もないのです。それぞれが、「玄関マットが欲しい」「トッズを見に来た」「地下でパンを買いたくて」という、まっとうな理由を持ってデパートに来ている。別に、私に嫌が

らせをするために来ているわけではありません。

　ああ、それなのに私は、「自分だけは、もっとゆったりと買い物ができていいハズ」と、自分以外の全ての人に対してイラついてしまう。

　おそらく、「玄関マット」や「トッズ」、そして「地下のパン」を求める人達も私と同じように、「何でこんなにたくさん人がいるのっ」と思っているはずです。「自分はどうしても必要なものがあるし、日曜しか休みが無いから来ているだけなのに、なぜ私がこんな落ち着かないデパートで買い物しなくちゃいけないの」と。

　その時、私が隣を歩いていたとしたら、当然私も「邪魔な人」。というわけで、混んでいる場所で混雑を形成している人達はそれぞれが、「なぜ私がこんな目に」と思いつつ、混雑の一部となっているのです。誰も、

「おめぇが混雑の張本人なんだよ」

　とは言ってくれないし。

　人間、大きな流れに乗ってしまった時は、ついついこのように「自分だけは違う」と、思ってしまいがちなものです。たとえば、流行の服を着ている時。

「流行」というのは、時として非常に醜いものです。ムチムチした肉づきの女子がキ

ャミ（注：二〇世紀末頃に流行した、下着状の女子用衣服。キャミソールの略）を着て、その丸い肩や腕をムキ出しにしているのを見ると、生々しい肉のにおいがこちらにまで漂ってきそう。茶髪にしても、

「あのネ、あなたネ、悪いこと言わないから黒い髪にしなさい。その方が百倍モテると思うわよ」

と言いたくなるような少年少女が、そこらじゅうに。

流行に乗ってキャミだの茶髪だのを取り入れた若者達も、実は「下品なキャミ」「汚い茶髪」の存在には、気づいていると思うのです。それでも、「アタシのキャミ姿だけは下品じゃない」「俺の茶髪だけは汚くない」と、信じている。

思い起こせば、自分が流行というものを取り入れまくっていた中学・高校時代も、そうでした。「流行をそのまま取り入れるなんて、格好悪い」という意識はどこかにあったのです。しかし中学生に「流行もさり気なく取り入れた自分らしいファッション」などという高度な着こなしができるわけもなく、結局いつも、流行そのままの服装になっていた。

周囲を見てみれば、友達も皆、自分と似たりよったりのスタイルでした。が、友達

を見ると私はいつも「みんな、同じような格好しちゃってさ。でも私だけは、違うもんね。流行を取り入れてはいるけど、ちゃんと『自分なりの着こなし』をしてるもんね」と、頑《かたく》なに信じていた。外側から見れば、確実に私も「同じような格好をした中学生の集団」の一員でしかなかったと思うのですが。

「カフェバー」とか「ウォーターフロント」とか「クラブ」とか「オープンカフェ」とか。それぞれの時代に登場する、流行の場所に現れる人達の表情を見ていても、それぞれが「自分だけは違う」と主張しているものです。「他の客は単なるミーハーだろうけど、俺達はこの店に知り合いもいるし『東京ウォーカー』なんて読んだこともないぜ」と、言いたげ。でもね、ここがブームの今現在、ここに来るあなたという存在は、やっぱり「ブームに乗ってる大勢」の一人でしかないわけよ。でもって、それを見ている私も、同じ穴のムジナなわけよ。

飛行機のエコノミークラスに乗っている時も、同じような思いになることがあります。人がみっしりと詰め込まれた狭い空間。食事時に、スチュワーデスさんから、ガチャガチャとプラスティックのトレイを配給されると、何かとてもみじめな気持ちになるものです。

いかにも「旅慣れてません」風の、大ハシャギの団体さんも、近くにいます。隣のオヤジは、無神経に肘《ひじ》掛けを占領するし、前の席の人は食事中も背もたれを倒しっ放し。後ろの人は背もたれをドンドンと蹴る。

そんな時、「あの、今はエコノミーに乗ってますけど、私って海外旅行経験は少なくないわけだし、アタシだけはねぇっ、周囲の人達とは違うのよッ」と、自分で自分に言い聞かせたりする私。その割には、入国審査の紙の書き方がわからなくて、隣の人の紙をバレないように覗き込んだりするんですけど。

この、思い上がりもはなはだしい「自分だけは特別と思いたい」という煩悩は、集団の一員になることに格好悪さを感じるように訓練された世代が多く持つものかと思います。

「子供達は自由に育てたい」「個性的であってほしい」といった教育方針を持つ親や先生が増えた昨今、私達は常に「個性的であらねばならぬ」という強迫観念を抱えています。

となると、「私は大勢の中の一人、で十分なんですけど――」などと思うことができるという、今となっては貴重な能力を持つ人は「無個性」と馬鹿にされてしまう。

追いかけられるように「個性を出せ！」と言われるうちに、人は「自分だけが特別、でなければならない！」と、どんな場所であっても思うようになってしまうのではないか。

現実を見てみれば、学校や会社においては、団体のワクからはみ出すと、色々と面倒なことがあるのです。個性というのは、別に「面倒なことに耐える能力」ではないので、そうなるとどう叩かれても平気、みたいな「精神的に強靭《きょうじん》な人」しか「個性的」と言われない危険もあります。つまりワクから出ない程度に、慎重に個性を主張するというのが、今風の正しい生き方になってくる。

人混みの中で、流行の中で、そしてエコノミークラスの座席ですら、いちいち「あたしだけは……」と思う私達は、そんな時代に生まれるべくして生まれた普通の人、なのでしょう。

「あたしだけは違う」という思い込みは、たいていの場合、外れています。雑踏の中では、誰も「選ばれし者」ではないし、流行の服を着た人は皆、同じに見える。さらにはスチュワーデスから見れば、エコノミーの乗客など皆一緒。

本当は、「あたしだけは違う」などと思わずに、「ああ、みんな日曜日は街に出て買い物したいよねー、あたしもあなたも、みーんな同じこと考えてるのねー」とか、「流行そのまんまの服を着て馬鹿っぽく見られるのが、快感！」と、人の流れに身を任せることができれば、一番ラクなのです。

が、個性化教育とか「自分がやりたいことは自分で見つける」みたいな雑誌のアジテーションにまどわされてしまった私達は、もうその道を戻れない。おそらくこれからも、「ワクの中での個性」を認めてほしいとジトジト思いながら、一生を送るのでしょう。ま、それはそれで、すごく不幸でもないような気もしますが。

「カップラーメンが食べたい」煩悩

私は一人暮らしですので、何も用が無い時は、自分の家で一人でごはんを食べます。昼は、サンドイッチだのうどんだの、軽いもの。そして夜は、簡単に何かを作る。

私は、特別な料理嫌いではありませんが、特別な料理好きでもありません。ですから、誰かと一緒にいる時は張り切って何品も食事を作るものの、一人でいる時は極力簡単に済ませたい。男性の料理好き達は、

「一人の時もちゃんとダシとって味噌汁作って、おかずも何品か作って……」

とか、

「一人でも鍋物やったりする」

などと言いますが、私はそんなにマメではない。一人であれば、「パスタとほうれん草のお浸し」とか「カレーとトマト」程度のもの。

私にも、一抹の良心はあります。ですから、なるべくならインスタント食品や出来

合いの食品は使用しないように、心がけている。しかし忙しい時や面倒な時、お昼ごはんにうどんを茹《ゆ》でてネギを切ることすら面倒になることがあり、そんな時に頭に浮かぶ煩悩が、

「カップラーメン、食べちゃおっかなー……」

というもの。

我が家には、不測の事態に備えて、カップラーメンが二個ほど、常備してあります。お湯を注げば、すぐに食べることができるのです。

ところが私は、「食事は栄養をちゃんと考えて手作り」という信仰を持った母親に育てられたので、カップラーメンを食べることに、ものすごくとまどいを覚えます。

「お湯をかけるだけ……何も手をかけずに、栄養の偏ったもので一食を済ませてしまうなんて……。れっきとした大人である私が、こんなことでいいのか？」

と。

これは、

「駄菓子なんか食べてはいけません！」

と親から言われている子供が、駄菓子屋さんの前を逡巡《しゅんじゅん》する時の気持ちと、同じで

す。食べたい。でも食べたらいけない。おいしそう。でも身体には悪そう……と、悩み続ける。

大人である私はたいてい、そこで踏みとどまります。「食事は手作り」という親の信仰に反してしまうという罪悪感や、栄養面での心配もありますが、そこには美的な問題もあるのです。たとえば私が女子高生で、部活が終わってから、

「あーっ、お腹空いたっ！」

とコンビニに寄り、カップラーメンにお湯を入れてもらってその場で食べる……というシーンは、許せるのだと思う。微笑ましい感じすら、するかもしれない。

しかし、「いい歳をした女が一人でお昼にカップラーメン食べてる」という図を想像すると、どうにもゾッとしない。ちっとも美しくないのです。で、私は「うどん作るかァ……」と、重い腰を上げる。

どうしても抗《あらが》い切れない時も、あります。それは何と言いましょうか、とっても「ゲスな気分」になっている時。やさぐれている時、と言ってもいいかもしれません。

たとえば、仕事が忙しくて、朝からずっとヒザが伸びてもいいようなスウェット姿(あぐらをかいて原稿を書いたりするから)で、誰からも電話はかかってこないで、

友達に電話しても留守電で、髪はボサボサで、顔には吹出物が一つ、なんていう時。

私は何だかとてもすさんだ気持ちになって、とても「えーっと、赤と緑と黄色の野菜を食べなくっちゃあ。あと食物繊維に鉄分も……」とは思えません。やさぐれついでに、「お湯かけたろうじゃないの」となるのです。

でもこの時、ちょっと楽しいのは事実です。自分をおとしめていく快感とでも言いましょうか。「今日は思い切りやさぐれる日」と決めたら、ボサボサの髪のままでコンビニに行って、雑誌とポテトチップ買って、テレビを見ながらポリポリ食べる。普段は、ポテトチップなど決して食べない私ではございますが、この手の日は食べる。不二家カントリーマアムだって、食べてしまう。

そんな自堕落な気持ちが頂点に達するのが、「お湯を注ぐ時」です。上蓋《うわぶた》をめくり、お湯を内側の線まで注ぐ。蓋を閉め、その上に重しとしてキッチンばさみか何かを置き、時計を見て、三分待つ時の「あーあ、何やってんだかな……」という気持ちは、「堕《お》ちるところまで堕ちた」って感じで、なかなか良い。で、テレビを見ながら、思いっ切り悪い姿勢で食べるカップラーメンの、何とゲスで、何とおいしいことか！

それは親に隠れて食べた、駄菓子の味。禁断の味っちゅうんですかねぇ。

こうなったら、その日はもう健康に良いことなど、何ひとつしないようにします。スポーツクラブも行かないいし、野菜ジュースも飲まない。「自堕落なことをしたい」という欲求は、その日のうちに全部吐き出しておかないと、後々まで自堕落欲求をひきずることになります。そうならないためにも、中途半端に健康のことなど考えてはいけない。

すると、寝っ転がってテレビ見て、いい加減ダラダラしすぎて偏頭痛などしてきた頃、「あー、もういいや」という気になるものです。自堕落もここに極まれり、という状態になるというか。すると「お風呂でも入ってサッパリするかぁ」という積極的な気分になり、長い自堕落デーは幕を閉じるのです。

一日じゅう、自堕落でいたくなるような日はそう多くはありませんが、小規模な自堕落欲求は、しょっちゅうやってきます。マクドナルドの前を通り、「あーっ、マックのフライドポテトにケチャップたっぷりつけて食べたい……」と思ったり。デパートのお惣菜売場を通って、「今日の夕食、お惣菜だけ買って済ませちゃおうかなぁ……」と思ったり。今の世の中で、インスタント食品や出来合いの料理、そしてファーストフードなどの誘惑に打ち勝つのは、とても大変なことなのです。

先日、結婚して子供もいる友人達と、集まっておしゃべりをしていた時のこと。おしゃべりが盛り上がり、ふと気づくと既に夕方。

「あー、もう帰って買い物して夕食作らなくちゃあ」

と、彼女達は時計を眺めます。でも、また、

「それでさぁ……」

などとおしゃべりが始まったりして、時間はジリジリと過ぎていく。

主婦は、言いました。

「あーっ、これじゃまた今日もポケモンカレーになっちゃうよゥ！」

と。どうやら彼女は、手抜きの夕食の時はいつも、子供達にポケモンカレーを食べさせているらしい。

無責任な私は、

「いいじゃんいいじゃん、ポケモンカレーで。どうせご飯は冷凍してあるんでしょ？そしたらもうちょっとおしゃべりできるしー」

と、彼女の「ポケモンカレーの煩悩」を焚《た》きつけた。すると彼女も、

「まっ、そうだねー。じゃあ今日もポケモンカレーに決めたっ。今週二回目だけど、

いいよねっ」

「へーきへーき！」

と、なるわけです。

子供がいる人が、この「インスタント食品に頼りたい煩悩」と闘うのは、私よりずっと大変なことだと思います。家事労働の量は多い。しかし子供の食事に手を抜こうとすると、その辺にいる「子育て経験者」達から、

「そんなことじゃいけないわ」

「やっぱり子供はお母さんの手作り料理じゃなくっちゃ、可哀相」

「環境ホルモンの問題もあるんだし（ホントかよ）」

と、責められてしまう。それに対していちいち、

「うちの子はポケモンカレーが好きなんですッ！　うちはこれでいいんですっ！」

と言い返すのも、精神的疲労が募ることでしょう。

子供を見ていると、時々羨ましくなることがあります。彼等は、ダイエットとか健康とか環境ホルモンとかゴミ問題とか美的問題とか世間体とか、なーんにも考えずに、好きなものを食べたいように、食べている。

先日も友達の子供達と遊んでいたら、突然彼等が冷蔵庫まで走っていき、マヨネーズとキュウリを持ってきました。そしておもむろにマヨネーズをたっぷりとキュウリに塗って、ガリガリとむさぼるように食べ始めたのです。

これは、何ともおいしそうだった。マヨネーズというのは、確かにおいしい調味料です。しかし大人になってしまうと、「カロリーも高いし」と、私達はあまり口にしないようになる。たまにマヨネーズ味がものすごく恋しくなると、コソコソとモスバーガーに行って、テリヤキチキンサンドを頼んで、「お願いだからマヨネーズ、たっぷり入れてね」とバイトのお兄ちゃんに対して念力を送ったりしているのです。

マヨネーズはお子さまの味で、いまいちオシャレじゃないというイメージも、あります。だから大人は、サラダを食べる時もついつい、

「私は岩塩とエクストラバージンオリーブオイルだけで食べるのが好き」

とか、

「私は自分でバルサミコのドレッシングを作るの」

などと気取ってしまう。

が、目の前にいる子供達は、そんなマヨネーズをとりまく諸事情などなーんにも気

にせず、キュウリにマヨネーズをたっぷりしぼって、口の周りをマヨネーズだらけにして、齧っている。

ああ、この子達の胸のうちには、まだ「煩悩」なんてものは無いのだ。だからこそ、こんなに堂々とマヨネーズを食べることができる。たーんと食べるがいい、子供達よ。いまにマヨネーズ味が恋しくとも、様々な理由に縛られて、口にするのを躊躇《ちゅうちょ》するようになるのだから。

マヨネーズを好きなだけしぼり出せる無邪気で幸せな時代は、いつまでも続くものではありません。マヨネーズの量を調節しだした時、人の心には「煩悩」という二文字が住むようになっているのです。その日が来てしまうまで子供達よ、大人の分までしぼり続けろ、マヨネーズを！

「誤解されたい」煩悩

「誤解される快感」に初めて目覚めたのは、小学生の頃でした。色々な学校の子供が参加するサマーキャンプでお昼ごはんを食べていた時、

「へぇ、酒井さんって小食なんだね」

と、同じ班になった女の子から言われたのです。

私は、学校の給食はいち早く食べ終えて、ドッジボールへと走っていくタイプでしたので、小食というわけではなかった。しかしそのキャンプでは、あまりに盛りの多いカレーライスと、たくさんの新しい友達とに圧倒され、スプーンの進みがたまたま遅かったのです。

「小食」と言われ、なぜか私は嬉しかった。ちょうどお年頃にさしかかった小学校高学年のこと、「小食」とか「低血圧」は、どこか格好良い響きを持っていました。給食にしても、何杯もお代わりをする子より、鼻にシワを寄せながらお肉を残す、みた

いな子の方が大人っぽくて素敵、と思えたし。

「小食」と誤解されたことは、私にとってあまりに思いがけなかった。学校の中であれば、どんなに努力しても「口が悪くてドッジボールとお相撲の好きな酒井さん」のイメージは変えられないだろうに、知らない人の前ではどんな風にも思ってもらえるんだ！　ということは、大きな発見だったのです。

私はあまりに嬉しくて、

「そんなことないよ」

と否定するのを忘れました。そしてそのキャンプの間中ずっと、「小食でちょっと物憂げな私」像を、演出し続けることを楽しんだのでした。

以来、現在まで、私は様々な誤解を受けてきました。大学に入ったり会社に入ったりと、新しい環境になる度に、異なる誤解を受けるのがまた、嬉しかった。

中でも、最も激しい誤解のシャワーを浴びたのは、初めて社会人になった時、つまりは新入社員時代でした。自分でも「デキる女」としての誤解を受けようと努力したし、できればその誤解がずーっと続けばいい、とも思っていた。

当然、まずは格好から入ります。カッチリしたスーツにパンプス、コーチのブリーフケースとやや派手めのアクセサリー。ほれぼれするようなキャリアウーマン・スタイルに、自分でも「アタシってキャリアウーマン？」と誤解をしていた。

するとと周囲も、最初は誤解してくれるのです。

「得意先が、酒井のこと『しっかりしてる』って言ってたよ」

などと上司から聞かされると、

「えっ、そうですかァ？」

と口では疑わしそうに言いながらも、心の中では万歳三唱。

しかしいかんせん、私には持久力というものがなかった。良いように誤解をされるためには、常に完璧な「化粧」をした顔を見せ続けなくてはならないわけですが、私は「化粧直し」ということができないのです。会社においては、最初だけはキャリアウーマンのフリをしてみせても、次第に仕事の期限も守らず、会議では眠りこけ……と、ダメ社員への道を一直線に進んでいったのでした。

そういえば新入社員時代、皆に誤解されていた頃の心の高揚感というのは、恋愛初期の高揚感とも似ていました。

恋愛初期も、たとえばちょっと相手に優しくしてあげて、

るもの。

「君は本当にいい人だね」

なんて言われると、「ほォーっ、そんな誤解をするかァ。恋愛っつーのは本当に人を盲目にするなぁ！」とビックリしながらも、その結果に「してやったり」と満足するもので、

「そんなことないわよ」

と否定しても、

「いや、いい人だよ」

と誤解の上塗りをされることで、さらに満足。

「そんなことないわよ」という言葉は、誤解される快感を味わおうとする時に、非常に便利な道具です。ボーイフレンドに対する親切は、明らかに「好かれんがため」の行為であって、私が「いい人」だからでは、ない。この辺の本当の事情を自分で知っているのに、

「いい人だね」

と言われて、

「えーっ、ウフフ」

などと肯定ともとれる発言をしてしまうのは、あまりに良心が痛むもの。

相手は、既に私のことを「いい人」だと誤解してしまっています。だから「そんなことないわよ」という言葉を聞いた時、「ああ、この人は本当にいい人だから、自分が『いい人』だっていうことにすら気がついていないのだ。何て心のきれいな人なのだ！」と、また思ってしまう。

「だからそんな誤解ができるあなたの方が、よっぽどいい人なんだってば！」

と心の中で叫ぶ私ではありますが、そこまでして夢を壊す必要もない。

恋愛初期というのは、お互いが誤解の連続をすることによって、時が過ぎていきます。恋愛初期の快感というのはほとんど、誤解される快感によって構成されているのではないかと思うほど。そして、「あーっ、いつバレっかなー」とドキドキしながら付き合いを続けるのもまた、恋愛の醍醐味というものでありましょう。

「誤解される快感」は、主に「自分のことをよく知らない人」がもたらしてくれるものなわけですが、そこでありがちなのは、快感を堪能している時に降りかかる、「自分のことをよく知っている人」からの誹謗《ひぼう》・中傷そして嫉妬、です。

私も、よく誹謗・中傷そして嫉妬、をしたものです。たとえば、高校までは真面目でモッサリしたタイプだった友達の〇〇ちゃんが、大学に入学した途端に、おしゃれをしだした。彼女は「磨けば光る」タイプだったらしく、妙に男の子にモテるようになった。そのモテぶりが自信にもなり、その子はどんどんきれいになっていった。

……なんていうのを見ていると、私のようなモテない人は、我慢がならなかった。

「〇〇ちゃんって、可愛いよな」

などと男の子達が話しているのを聞くと、悔しくてならず、

「えーっ、でもあの子、高校時代はすっごく地味でダサくて、ストッキングの上に靴下はいちゃうような子だったんだよ。脚も太かったし。典型的な大学デビューってやつ」

と、一生懸命に誤解を解こうとしたものです。

しかし男の子にとっては、その子が「今、可愛いかどうか」が問題なのであって、過去などどうでもいいこと。私の叫びは虚しく学食に響くのみ、だったのでした。

誤解されるということは、人生において一瞬、違う役割を与えられるようなものです。もちろん悪い誤解もありますが、世の中は意外と、好意的な誤解に満ちている。

誤解されることによって、わずかな時間でも他の役を演じていると、実際に自分がその役になりきれているような誤解を、自分でもすることができるのです。

そんな素人演技というのは、本人がすっかり満足している分、はたから見ていると、とてもうっとうしいものです。だからこそ自分以外の人が、他人から誤解されてウットリしているのを見るのは、腹立たしい。

大人になってくると、しかし次第に「それもお互い様なのだ」と、思えてくるものです。

「酒井さんって、優しそうですよね」

「おっとりしてる」

「几帳面そう」

といった誤解を受けて、いーい気持ちになっている厚顔な自分がいるのなら、名うての遊び人として数々の男を手玉にとってきた女友達に対して、

「なんて清純な人なのだ」

と言う男性に対してなぜ、「騙されんなーっ」と怒ることができましょうか。

誤解が全く存在しない皿の中は、きっと味気ないことでしょう。そしてもしかした

ら、「誤解されたい」という欲求による力が、世の中にちょっとした進歩をももたらしているのかもしれないとも、思うのです。

「流行語を使いたい」煩悩

母親としゃべっていてふと、あることに気づきました。それは、母親世代の女性は、親しい間柄の人と話す時も、

「……だよ」

「……だね」

という言葉遣いをしない、ということ。彼女達の語尾は、どんな砕けた会話をする時でも、

「……よ」

「……わ」

となるのです。ですからたまに、中高年のご婦人の口から「……だよ」と聞くと、何か非常にはしたない感じがするもの。

対して私達の世代の女性は、一応は大人なので、それなりの時は「……よ」「……

わ」を使いますが、ごく親しい人と話す時は「……だよ」と、なりがちです。仲の良い友達同士だと、それがはしたない感じには聞こえないのです。

　自分が特別に下品な言葉遣いなのでは、と不安にもなりました。が、幼稚園から学習院や聖心で育った、元お嬢様であるはずの友人達の語尾ですら、「……だよ」であることをみると、これは世代的特徴なのでしょう。

　ある年齢に達したら、乳歯が永久歯に生え変わるように、私達の語尾も自然に「……よ」「……わ」に変わるのかもしれない、と若い頃は思いました。しかし三十歳を過ぎた今も、私の語尾に変化の兆《きざ》しは無い。かといって、

「それって最低だよねー」

　と今まで言っていたのを、意識的に、

「それって最低よ」

　と急に言い換えることも、こっ恥ずかしくてできない。親の世代からしてみれば、そんな私達の「……だよ」しゃべりは、非常に苦々しい現象なのではないか。

　私達も今、親の世代とおそらく同じ苦々しさを、若い世代に対して感じています。女子高生が電車の中で、

「ヤッベェよ」

などと言っているのを耳にすると、「『ヤッベェ』じゃなくて『ヤバイ』だろうが！」と思って「世も末」感を強めるわけですが、私達より上の世代からしてみれば、女が「ヤバイ」などという言葉を使うということ自体、「世も末」でしょう。

若い世代の流行語というのは常に、上の世代の反感を買うものです。「上品」という価値観は、たいてい「古い」「クラシック」という言葉と結びついているので、新しいものの方が古いものより上品、ということはあまりない。

流行り言葉も、年長者達から、

「なんて美しい言い回しだ！」

などと諸手《もろて》を挙げて迎え入れられることは、絶対にありません。おそらく太古の昔より、若者達は流行り言葉を使い続け、大人達はそれを聞いて「世も末だ」と思い続けて、今に至っているのでしょう。

当然私も、流行り言葉を使い続けて、大人になりました。

「うっそ！」「本当？」

は、大人達が眉をひそめる理由もわからず、ごく当たり前の合いの手として認識していました。

「超カワイー！」「クソヤバ！」「マジムリ！」

といった強調語の数々も、貧困なボキャブラリーを補うには便利だった。

「……とか言ってみたりとか、みたいな」

といった、意味を曖昧にする言い回しも、自分の意思をはっきり主張するのが嫌い、という純日本的な私の性格に合っていたので、重宝したものです。

「そんな言葉遣いはやめなさい」と注意されたことはありませんが、このような言葉遣いは無論、大人にとっては不快なものだったと思います。しかし「大人にとって不快」だからこそ、若者っつーのは流行り言葉を使いたいのです。

大人がなぜ流行語に対して不快になるかといえば、「下品だから」という表向きの理由の他にも、「自分には理解できない」「自分は置いていかれてしまうのではないか」という不安感があるから、でしょう。

若者達はその不安を、見逃しません。若者である自分達の間だけでしか通じない符丁的言葉を使用することによって、

「私達は若いのだ！」

と、二十歳以上のジジイやババアに対して見せつけるのが、気持ちいい。自分達はアンタ達とは違う特別な存在なのだ、と示すことができるのが、嬉しいのです。

困るのは、流行語を使用するのに慣れてしまうと、大人になってからもつい、若い言葉遣いをしてしまいがちなことです。私も、

「えーっと、アタシ的にはさぁ」

などと言っている自分に気づき、「やっべぇやべぇ、アタシったらもう三十過ぎてるんじゃーん」と思う。思う分には、「やっべぇ」でもヨシ。としておく。

若者言葉をつい使いたくなる原因というのは、果たして何なのか。と考えてみると、「まだ若い気でいる」というものが、一つにありましょう。確かに、結婚や出産といった儀式を経ずに、私のようにダラダラと歳だけを重ねていくと、果たして自分がいつ「若者」でなくなったのか、どうもよくわからなかったりする。さらには若者より経済力は持っており、若者文化を消費することだけはできるから、つい、若者のことを仲間だと思ってしまう。

もう一つ、単に「若ぶっている」と見ることもできます。大人同士で話している時に若者風の言い回しを使用し、「私は確かに大人ですけど、こんな言葉も知ってるん

です」というところを見せつけたい。そんな下衆《げす》な気持ちも、あるのではないか。

これは一歩間違えると、大変に危険な行為です。

「アタシ的にはさぁ」

と話す相手が大人の場合は、若者言葉の使用方法が間違っていようと気づかれないからいいのですが、相手が若者の時は、絶対にやらない方がいい。

若者に対してすり寄りたいがために、大人が若者言葉を使用するのは、大変に見苦しいものです。知識としてしか若者言葉を理解していないため、微妙に使い方や発音が違ったりするのも、ダサい。

私も学生の時分、いい大人から、

「それってチョー○○だよね」

などと言われると、「お願いだから大人は大人らしい話し方をしてェ……。私達に媚《こ》びないでェ……」と、とても哀しい気分になったものです。自分の姿に客観的になれない大人は、どうしようもなく醜く見えた。

自分が大人になってみると、自分も同じ過ちを犯しているような気がしてなりません。あの時、

「それってチョー○○だよね」

と言っていた大人も、本当は別に若者に媚びるつもりなどなく、しぜーんに「チョー」と口に出していたのかもしれない。それがあんなに醜く感じられたということは、今の私の言葉遣いも、本物の若者からしてみれば、こっ恥ずかしいものなのでは……？


言葉に限らず、何にせよ流行に乗るという行為は、恥ずかしいものです。その恥ずかしさに気づかずにいられるという特権は、まだバカな若者にしか、与えられていない。反対に若者達は、

「みーんなコレ持ってるのに、私だけ持ってなくて恥ずかしい！」

と大人とは違う恥ずかしさを覚えるのですが、大人になればその頃の自分を、「アー恥ずかしい」と思い返すようになる。

本物の大人になってしまうと、流行に乗るのもいちいちテレながら、です。

「今さらながら、スノーボードを始めてしまいました……」

とか、

「ほらアタシってミーハーだからさぁ、宇多田ヒカルとかって、大好きなのね」

などと、いちいち言い訳をしないと、流行に乗ることができない。まぁその言い訳をするのがまた楽しいという、大人ならではの複雑な快楽も、そこにはあるのですが。

大人と若者の間に存在する距離というのは、大人側から見るより、若者側から見る時の方が、大きく感じられるものです。大人から見れば、「高校時代なんて、つい最近」と思えても、高校生から見れば「三十代なんて、ほとんど棺桶に片足突っ込んだようなもの。自分がそうなるなんて想像もできない」となる。だから、「こんなに近いのだし」と、大人が若者の方に歩み寄ろうとすることが、若者にはとても無理をしているように見えるのでしょう。

学生時代、

「それってチョー○○だよね」

とすり寄ってきた大人に、もう少し優しくしてあげればよかったなァ……と、今となっては、思います。

「女であることを利用したい」煩悩

特に仕事の場において、「女であることを利用する」のはいけないことだ、という風潮が、世の中にはあります。

上司から怒られた時にすぐ泣く、とか。業務に対するクレームを、直属の上司を通り越して、自分が目をかけてもらっている部長とか常務といった「もっと偉い人」に直訴してしまう、とか。色仕掛けで仕事を取ってくる、とか。トラブルがあった時、「私、女だしなーんにもわからないんですぅ」という態度で責任を回避する、とか。

「女であることを利用」する時に最も気をつけなくてはならないのは、同業者、つまりは「女性」に見咎《みとが》められないようにすること、です。「女を利用する女」を最も忌み嫌うのは他でもない、同じ女なのですから。

女は、なぜ「女を利用する女」を嫌うのかといえば、「女であることを利用できる女は、この世の中でアタシだけいればいいのだ」という気持ちが、そこにあるからなのではないかと思います。「この世でアタシだけ」っていうのはオーバーにしても、「この部署の中で（とか、このグループの中で）女としての旨味《うまみ》を味わうことができるのはアタシだけでいいのだ」と思っている人は、少なくない。

特に女性が少ない場において、「女」を利用することによって得られる利益は莫大です。その利益を他の女に荒らされるのは我慢がならないから、女性は「女を利用する女」を、嫌うのです。

昨今は、「女を利用する女は嫌われる」という事実が、一般常識として広まっています。ですから、たいていの常識ある女性は、女を利用したくとも、グッと自制しているのです。そんな人の前で、堂々と「女の利用」をやってのける女がいたりすると、「私が必死に我慢してるのに、なんでアンタだけが好き勝手に女を利用しまくっているのだ！」と、総スカンにあってしまうもの。

「女であることを利用する」というのはこのように、バレた時のことを考えると非常に危険なプレイです。しかし、女であることを利用する女は消える気配を見せず、今やその手口は巧妙化の一途をたどる。

たとえば、

「私は、『女であること』を利用するのって、絶対に嫌なんです」

と、声高に断言する女性。そんな女性は、「私は『女であること』を利用しない、いやらしいところの全くない女なのだ」とアピールするという方法で、やはり女であることを印象づけようとしているように見える。

「私って、ぜーんぜん女扱いされないんですよ！」

と磊落《らいらく》ぶる言葉にも、「こういう女を感じさせないサッパリした女って、珍しいでしょう？　私は卑怯な女じゃないんですよ」という意味が内包されている。

振り返ってみますれば私自身も、今まで女であることを利用しまくって、生きて参りました。

あいにくフェロモン系ではないので、お色気作戦に出ることこそできなかったとはいうものの、「ちょっと抜けてお茶目な奴」のフリをして面倒臭いことはぜーんぶ男性にやってもらったり、「繊細で傷つきやすい女性」のフリをして、周囲からいたわってもらったり。もちろん、時にはガサツなところをアピールして、「女っぽくない女」のフリもしました。資質さえ備わっていれば、お色気作戦にだって、ガンガン打って出たはずです。

ではこの「女であること」の利用は、どんなところで可能なのか、考えてみます。まず確実に言えるのは、「女だけの場所では絶対に駄目だ」ということ。女同士の間で「ちょっと抜けててお茶目」なフリをしても、「繊細で傷つきやすい」フリをしても、そして「色気タップリ攻撃」に打って出ても、何ら得るものはない。「なんだかややっこしい女だなぁ」という目で見られるだけです。

私も、女子校に通っている時分は、「女であることを利用しよう」などと、ゆめゆめ思いもしませんでした。というか、女であることが世渡りに利用できることすら、知らなかったように思う。

しかし大学で共学になると、「女を利用」するのが、世の中を渡っていく上でいかに容易で効果的な手段かを、知るようになった。特にその年頃の「男子」という人達は、「お茶目なフリ」「傷つきやすいフリ」「磊落なフリ」といった、女子が行なうフリというフリを、「フリだ」と見抜くことが全くできない、という御しやすい生き物だった。かくして、私の堕落は始まりました。

会社に入ると、なおさら堕落の度合いが強まりました。それは、男女雇用機会均等法の施行間もない時代のこと。職場における男女比は、著しく男性の方が多かった。

この「集団内における男女比」は、女性が「女を利用」するか否かを決定づける時に、重要な意味を持っています。女性が少なければ少ないほど、つまり「紅一点」度が高ければ高いほど、女の利用は、やりやすくなる。数少ない女性ということでチヤホヤされたり、何かトラブルがあった時も男性がすぐに助け船を出したり、ということになりがちなのです。

私も、会議だの打ち合わせだのといった場において、「紅一点」という立場のことが多かった。そこは、女であることを利用しまくっても誰からも見破られない、夢の楽園。もし見破られたとしても、「まぁしょうがねぇなぁ」程度で済まされ、それを咎《とが》める「女」という生き物はどこにもいない……。

もちろん、そのような場において「女だと思われるのは嫌なんです」と、胸にサラシ巻いて頑張るようなタイプの女性も、います。しかしあいにく私は、極端に脆弱《ぜいじゃく》な精神力の持ち主。どんな状況下であれ、少しでもラクな方へと進んでいくのが常道。「誰も見てないんだし……」と、安心して堕落しまくっていたのでした。

反対に、集団内における女性比率が高くなればなるほど、「女の利用」はやり難《にく》くなります。前述の通り、女性は「女を利用」する同性に対して、厳しい目を持っています。集団内における女性の比率が高ければ、女性同士の相互監視システムが作動し、「女であるからこそ受けられる恩恵」の独り占め行為を、未然に防いでしまうのです。

さらに女性の比率が高くなれば、それだけ騙す相手、つまり男性が減る、ということにもなります。実際、女性雑誌の編集部だの化粧品会社だの、女性の比率が高い職場において、女であることを利用するタイプの人は少ない。女を甘えさせないためには、職場における女の数を増やす、というのが結構効果的なシステムではないかと思うのですが。

昨今は、たとえ「紅一点度」の高い場においても、「女であること」の利用は、慎重に行なわなくてはならなくなりました。「女の利用」によってのし上がってきた女性に対して、男性が危機感を抱くようになってきたのです。素直に騙されていればよかったものを、

「これだから女は……」

とか、

「女はズルいよな」

などと、女の腐ったようなことを口にする男性が増えてきた。

私も最初は、「いや、男性がおっしゃることもごもっとも」と思っていました。すぐ泣くとか、色仕掛けとか、そういうことをしてたらいけないよね……、と。

しかしもし、それが「女としてのごく当たり前の姿」だとしたら、男性が作った男性の基準に無理して合わせなくてもいいのではないかと、最近は思うのです。

女性は、「女を利用した方が、より容易に、より多くの利益が得られる」と思うから、そうしているのです。そんな女性に自分の利益を奪われそうだからといって、

「女はズルいよな」

と言われてもなぁ。なるべく多くの利益をあげるために最も合理的な行動をとるのが、資本主義下における人間ってものなのではないか。

女であることを利用する女、に負けないようにするためには、きちんとした対抗策が必要なのだと思います。「男であること」を利用しやすいような、男システムの強化を進めるか。男性も、女性と一緒になって泣いたりお茶目なフリして、「女であること」の特殊性を目立たせないようにするか。

女性の社会進出が止められそうにない今、男女間の熾烈《しれつ》な利益闘争の決着は、しばらくつきそうにありません。

「元カレの不幸を望む」煩悩

晩婚化が進むこの時代、どんな女性であれ、一人や二人や三人や四人、もしくはもっと多数の「元カレ」をお持ちのことかと思います。いつまでも踏ん切りをつけず、一つの恋愛が終わるとまた次の恋愛へ……と、恋愛流浪の旅を続ける女性の増加は、「元カレ」という生き物の大量発生を呼んだのです。

で、この「元カレ」。女性にとってどのような存在なのでしょうか。女性と男性を比較した時に、よく「男性は前の彼女に対する想いをいつまでも引きずるが、女性はスッパリと割り切るものだ」と言われます。

確かに女性は、恋人と別れた時点で多少の落ち込みはあろうとも、「別の楽しみ」や「次の相手」が現れた瞬間、即座に完全復帰してしまうもの。で、元カレのことなどすっかり忘却したように見えるもの。とはいえ、元カレのことを完全に忘れ切ってしまうわけでも、なさそうです。

女性の元カレの取り扱い方は、その彼と別れる時に、どのような別れ方をしたかによって、異なってくるようです。たとえばある友人は、

「私は、ふられた相手のことはさっさと忘れるようにしているが、自分からふった相手に対しては、対応が違う。完全に没交渉にはせず、細々とでも餌を与え続けて忠誠心を途切れさせないようにしておくと、何かの時に便利だから」

と言っていました。

別れたとはいえ元は恋人同士、それも「自分がふった」ということで、相手に未練があることは知っている。その未練を利用して、「しもべ」としてはべらせておく、と。そして「昔の彼女のことをいつまでも覚えている」という男性の特性を生かし、イザという時に色々と役立てるらしい。

全ての元カレは、死ぬまで自分のことを忘れるべきではないし、たとえ別の相手と結婚していようとも、心のどこかでは自分のことを一番だと思っていなければならない。妻と一緒にいる時でも、「あいつと結婚していたら……」と思い返す時を持たなくてはならないのだ！

……これは、全ての女性に共通する感覚かと思います。そのために女性は、お付き

合いがダレてきて、「ああ、もうこの恋も終わりですな」と悟った瞬間から、元カレの精神の一部分を、一生涯縛っておくための工作をするものです。

たとえば、自分からふったクセに、最後の最後になって、

「でも私、あなたのこと絶対に忘れないから。あなたのことを一番理解しているのは私だし、これからもずっと、あなたのことを応援してる。幸せになるように、祈ってる！」

なーんて、ちょっと涙ぐんだ目で言ったりするのですね。そうすると、ふられる男子側は、「ああ、この人はやっぱりいい人なのだなぁ」などと、すっかり気の良い人に。結果、彼女の思惑どおり、彼女に対する想いは残したまま、でも暴れたりつきまとったりはせずに、おとなしく去っていくことになるわけです。

多くの女性の理想は、元カレという元カレが、

「君と別れたものの、それ以来どうしても、君以上の女と出会うことができないんだ。やっぱり君ほどの女性はこの世にいない」

と、未婚のままでい続けること、でしょう。さらに、

「でも心配しないで。無理に言い寄ったりしないから。君の幸せを祈り続けながら、

君を遠くから見守るのが、僕の幸せなんだから。困ったらいつでも僕が、助けにいってあげるってことを、忘れないで」

なんてことを言ってくると、さらに良い。

もちろん、そんな殉教者のような魂を持った男子はこの平成の世には存在しません。元カレという元カレは、なぜかさっさと結婚していきます。

「○○君、結婚するらしいよ」

と、事情を知っている女友達が「ちょっとした不幸のお知らせ」みたいな顔で囁くと、

「へえ、よかったじゃない。早く結婚した方がいいのよ、ああいう人は」

と口ではわかったようなことを言いながらも、内心は「あらーっ、アタシじゃなくってもよかったわけ？」と、拍子抜けの元彼女。もっと未練がましい行動をとってくれてもよかったのに、と。

一方で、過去全ての元カレが結婚していった時の気分というのも、また悪くないものです。「おお、みんな私の元を巣立って、それぞれ良い嫁をもらってよかったのぅ。これで私も安心して死ねるというものじゃ！」と、子沢山の肝っ玉かあさん気分に浸ることができるのです。……って、そういう気分に浸っていてはいけないような気も

します が。

このように、自分が「ふった」彼に対して、女性というのは非常に寛容です。が、「ふられた」となると、話は別。ある男性から一方的にふられてしまった友人は、

「いやぁ、別れた後は毎日、『不幸になりますように』って、願う、というか祈る、というか呪う、というか……」

と、とっても物騒なことを言っていました。そんな発言に対して、

「あら、かつて付き合った人全ての幸福を私はいつも望んでいるわ。だって、自分が選んで、一度は愛し合った人じゃないの。その人の不幸を望むだなんて、それは自分を汚すような行為よ！」

と堂々と言うことができる人が、どれだけいましょうか。

友人は、彼に別の女ができた、という理由でふられてしまったのです。歌やドラマの世界では、ふられた女性はそこで一念発起、

「絶対きれいになってやる！」

と必死に自分を磨き、ダイエットにも成功して、自分をふった彼に「しまった！」と歯噛みをさせる、という展開を見せることになっています。

現実を見てみれば、そんな殊勝なことができる人は滅多にいません。彼女もひたすら、

「あの男が絶対に自分より不幸になりますように！」

と、念じていたのです。

するとある日のこと。テレビのニュースを見ていたら、とんでもないことが起こっていました。なんとその元カレが勤務していた大手証券会社「Y」が、業務停止になったというニュースが飛び込んできたではありませんか！

「いやーぁ、私の呪いが本当に通じたかと思ってちょっと恐くなっちゃったけど、正直言って嬉しかったなー。だって新しい彼女っていうのも、どうやら社内の女だったらしいし。ざまぁみやがれ、ってやつ？　付き合ってる時は、色々とあの会社の金融商品を買ってたけどホント、別れた時にさっさと解約しておいてよかったわー」

と、彼女は「嬉しさを抑え切れません」という顔をしている。おそらく、「Y証券に業務停止命令」というあのビッグニュースを、日本で一番嬉しく聞いていたのが、彼女だったと思います。

女の一念、会社をも潰す！　と思うととっても恐いですね。Y証券に勤めていらし

た皆さんも、まさか一女性の恨みで会社が潰れたとは思うまいに。ま、そんなハズはもちろんないわけですが……。

元カレが、新しい彼女もしくは妻とうまくいっていないというニュースも、ふられた元彼女の心を明るくするものです。離婚でもしようものなら、

「まぁ、こうなることはわかってたけどね」

と占い師のように気怠《けだる》い表情を浮かべるか、

「あんなマザコン男、今まで結婚できてた方が不思議よ！」

と、勝ち誇った表情に。

そう考えてみると、女性というのは本当に恐ろしいものでございます。男性の場合、ふられたのがあまりにショックでストーカーになってしまう、といった話はあっても、「絶対にあの女が自分より幸福になりませんように！」などと祈った、という話は聞いたことがない。

男性の方が女性よりも優しいから、こうなるのか。それとも、女性の方がこと恋愛という面においては負けず嫌いの性質を持っているから、こうなるのか。いずれにしても男性は、下手に女性をふらない方が身のため……という気はしてきました。

「エロ話をしたい」煩悩

「ガールズ・トーク」、つまりは女同士の会話ほど恐ろしいものはない、と私は思っております。女同士の関係においては、「何でも打ち明け合う」ということが仲良し度合いのバロメーターになることがあります。男性から見れば「エッ、そんなことまで？」というようなことも、女性同士では話し合っていたりする。どの化粧品がいいかとか、どこのお店がおいしいかとか、そこにいない誰かの悪口とか、次の旅行の行き先とか、○○ちゃんの不倫の話とか。ま、その辺くらいは、男性も想像がつくネタでしょう。

しかし、ガールズ・トークの真骨頂はどこにあるかと言えば、「性体験暴露話」、シンプルに言えば「下ネタ」にあると言って、過言ではありません。「何でも打ち明け合う」の「何でも」の中には、当然のように自らの性体験も、入っています。

それはティーンの頃、

「昨日、〇〇君と初めてキスしちゃった、キャーッ！」

という、異性とのファースト・コンタクトをドキドキしながら友人に打ち明けた時から始まります。まだその頃は、「異性との共同作業」の話をするのも聞くのも新鮮で、

「それでそれで？　どうしたのーっ！」

「やーんっ、ドキドキしちゃうーっ！」

と、盛り上がることといったら。私など、他人の話を聞くだけで十分、興奮することができた。

もう少し歳を重ねると、話す方も聞く方も、初々しさを失ってきます。ごく若い頃は、様々な行為を様々な隠語で表現していたのが、

「昨日さぁ、〇〇君とヤッちゃって……」

と表現も直截《ちょくせつ》的になってくる。聞く方としてもいちいち興奮するわけでもなく、

「へーっ、どこでー？」

と、冷静。

ガールズ・トーク時における直截的な口調というのは、ある種の反動だったのでは

ないかと、私は思います。「友達に報告するような性行動」、つまり「初めての相手との初めての行為」の最中、女性があまりざっくばらんになりすぎることはタブーとされていた（少なくともその頃はまだ）。で、ついつい知らないフリ、やったことないフリ、恥ずかしがってるフリ……などを知らず知らずのうちにしてしまっていた。

ま、それら「フリ」をすること自体が楽しくもあるのですが、同時にストレスにもなっている。結果、その反動として、女同士の時は「そのまんま！」という口調になってしまったのではないかと、思うのです。

単に性欲を発散するだけだったごく若い時期とは違って、この時期は様々な性的発展を見るものなので、話すネタは、豊富です。微に入り細に入り、下着や肉体の形状から、「こんなことを口走った」「こんなことをした」「こんなことをされた」と、まるで再現フィルムを見るかのように解説される。

「いやぁ、あまりにも小さくて、入ってるか入ってないかわかんなかった……。でも向こうも気にしてるみたいで『ゴメンネ』とか言うのよー。でもあやまられてもねェ……」

といった「ちょっとしたハプニング」も、披露される。

この手の話が発展すると、各人の性的嗜好のようなものも、自然とあぶり出されます。「こんな変なことをした」とか、「こんな変な場所でした」という告白をする女性はたいてい、「こんなことされちゃって、困っちゃったわ」という話しっぷりです。しかしその顔、その言葉には、ある種の嬉しさが、確実に漂っている。「満更でもない」と語っているのです。彼女の性体験告白は、はからずも自らの性的嗜好を告白することにもなっているのでした。

当然ながらこの手の話は、いつでもどこでも誰とでも、できるものではありません。性的なネタを好むか否かは、人によって大きく異なるもの。性的な事象に対する禁忌感を強く持っていて、話をするのも聞くのも嫌、という人も中にはいる。

彼や夫といった異性のパートナーを選ぶ時の条件としては、「性的嗜好が共通している」ことが割と大切ですが、同性の友人を選ぶ時も、この基準は重要になってきます。つまり自分がごく普通の感覚で話すエロ話を、いちいち「不潔!」と思われたり、身構えられたり、眉をひそめられたり、ビックリされたりするのは、こちらとしてもビックリなわけで。同じ感覚で打ち明けっこができる友人というのが、貴重になってくるのです。

女友達を選ぶ時は、性的モラルの共通性も、無視はできません。

「こんなことやっちってさー」

とついうっかり打ち明けたら、

「そんなこと、やらない方がいいわ！」

などと真顔で説得されてしまったりすると、「あー面倒臭い」と思うもの。

対して、

「そんなの、余裕でしょう。私なんてね……」

と普通の顔をして聞いてくれるのみならず、もっと激しい自分の体験談まで披露してくれる友は、有り難い存在です。まだ若いうちは、友人の選び方がわからずに間違った相手に間違った打ち明け話をしてしまうことがあるかもしれませんが、同類のにおいを察知する勘を、常日頃から鍛えておくことが大切でしょう。

私のような下ネタ好きの者も、言い訳めいて聞こえるかもしれませんが、のべつまくなし下ネタばかり話しているわけではありません。下ネタ嫌いの清浄系友人と、清浄な話で盛り上がることも、たまにはある。そうやって自分の内部における聖俗バランスを保つ努力をするのも、一つの暮らしの知恵というものなのでしょう。

この手のトークが最も盛り上がるのは、電話においてです。もちろん、対面形式でも良いのですが、電話だとお互いの顔が見えないため、知らず知らずのうちに、より大胆な打ち明け話を、大胆な言葉遣いで披露することができる。

「この電話、もし盗聴してる人がいたらヤッバイよねー！」

「ヤバイヤバイ！」

などと言いながらも、どんどん盛り上がるお下劣なお話……。てなわけで盗聴法案反対！　って思っている女性の皆さんも、多いと思うのですけれど、いかがでしょう。

友達と話すだけでは物足りない。もしくは不幸にして、同じ嗜好を持つ女友達が見つからないという人のためには、雑誌も用意されています。打ち明け欲求は、女性であれば年齢を問わずに存在するらしく、それぞれの年代向けに、「打ち明け系」とでもいうべき女性誌が出版されている。

ティーン向けの打ち明け誌を見てみると、かなりミもフタもない内容です。目次には、「ひとりHでGOGO！」（ちなみに、「GOGO」には「イクイク」とルビが）、「愛があれば常識なんて　禁断の愛」といった文字が並び、「熱写ボーイ」もかくやのエロ写真とともに「私のH体験記」がひたすら綴られている。

別のページを見てみれば、「いじめで傷ついた心の傷はなかなか消せない」とか「お父さんが倒れて初めてわかった家族の大切さ」みたいなお便りも載せられていて、「打ち明け欲求、ネタを選ばず」ということがわかるのです。

女性がこれほどまでに打ち明け話を好むということは、意外なほど男性には知られていません。なにせガールズ・トーク。男性がいる場では行なわれない。さらに、打ち明け話が大好きな女性も「男性の前で話すと嫌われる」ということは知っているので、オクビにも出さなかったりする。

いやしかしマジで、女同士でどのような打ち明け話をしているか男性が知ったら、卒倒しそうになると思うんですけれど。ですから、男性の皆さん。皆さんの妻や恋人の女友達は、皆さんのことをかなりよく――あんなことやこんなことまで――知っていると思って、間違いありません。もし同じレベルの打ち明け話が男同士で行なわれているとしたら、女性としては「ブッ殺す……」と思うに違いないのですが……。

「打ち明け欲求」は、なぜ女性特有なのか。と考えてみると、その性欲の形態に関係があるのではないかと思います。よく、「女性はいつでも受け入れOKだが、男性はそうはいかない」と言われます。男性の性欲は、性欲と言うより放出欲なのだ、ということも。

つまり男性は、放出が終了した時点で、性欲も満たされている。なので後から、

「その時あれがこうでさ、ああでさ……」

と思い出して話す必要も、無い。

ところが女性は、「これで完了」という区切りが無いために、

「その時あれがこうでさ、ああでさ……」

と反芻《はんすう》することによって、いつまでもダラダラと楽しみたいのではないか。

女同士の「打ち明け」は、仲間意識の形成にも一役買っています。こんなことをしているのは私だけなのでは？　とか、こんな風に感じるのは私だけかも……という、ちょっとした不安を抱えているところに、

「そうそう、そうだよねー」

と同性の友達に言ってもらうと、仲間がいるようで嬉しいもの。それがどんな変態行為だったとしても、「私だけが変態なわけではないのだ」と思うことができましょう。

いずれにせよ、決してお天道様の前で堂々とできるものではない、女同士の打ち明

け話。しかしそこには、「打ち明けられた話はそれ以上広めることはせず、墓場まで持っていく」という暗黙のルールもあるので、まぁ男性の皆さんも、あまりご心配なく。……って、本当かなぁ。

「後回しにしたい」煩悩

英語では、主婦のことを「ハウスキーパー」と言うそうです。

この言葉がいかに言い得て妙、であるかを実感することとなったのは、一人暮らしを始めてからでした。「ハウス」というのは、放っておくとどんどん退廃の一途をたどる、魔の空間。それを「キープ」つまり現状維持することが、いかに大変か。ああ、今まで何も言わずに黙々と「キープ」し続けてくれたお母さん、ありがとう……。と、殊勝にも思った私。

ハウスをどうしたらうまくキープすることができるか。一人暮らしを数年やってみてわかったのは、「あっ、これをやらなくては」と思った時に即やることが、「グッドハウスキーピング」の秘訣であろう、ということです。

秘訣はわかった私でしたが、残念ながら実行力は伴いませんでした。「ああ、あの時すぐに手をつけていれば、こんなことにはならなかったのに」と思うような事態が、家の中で頻発。

たとえば、植物。花屋さんの前を通りかかり、可愛い鉢植えを見つけたので購入してベランダで育てる……などということは、「なんておしゃれな生活をしてるのかしら、私って」という自覚を持つには不可欠な行為です。私も、一人暮らしを始めた当初は、よく鉢植えを買ったもの。

買って数日は、毎日一生懸命、世話をするのです。が、しばらくたつと「釣った魚には餌をやらない」形式で、愛情が薄れてしまう。旅行へ行ったり、忙しかったりするのをきっかけに水をやらなくなり、そうするとベランダを見るのが何となくおっくうになり、やがて鉢植えの葉っぱは茶褐色に。

ここで肥料を与えたりすれば、植物は再生するのかもしれませんが、私の愛はすっかり醒めている。見て見ぬフリをするばかりか、鉢をそっとベランダの隅に押しやったりしてしまうのです。

これは、「子犬を飼ったはいいものの、病気になってしまい面倒を見きれないので近くの林に捨ててきた」と同じ種の行為です。植物だから、怒られないで済んでいるだけ。

たまごっちが流行した時は、「生き物を死なせてもまたリセットできる、という感覚の子が育つのが不安」といった大人の意見がありました。が、私はたまごっちで遊んだこともない立派な大人。植物はリセットできないことも、知っている。

あくまでこれは、私の「少しでもトラブルが起こると、放っておきたくなる」という無責任な性質のせい、なのです。同じような枯死事件を数度繰り返してから、私が決して自分で鉢植えを買わなくなったことは、言うまでもありません。

冷蔵庫も、危険地帯です。冷蔵庫というのは奥が深く、あまり頻繁に使用しない食品は、どんどん奥深く潜り込んでいく。気がついた時には、果物が水状になっていたり、瓶が得体の知れないアワを吹いていたり、ラップをかけた器の中が、緑色のカビで覆われていたり……。

「うっかり忘れていた」だけであれば、まだ許せると思うのです。しかしアワを吹いたり、カビがはえたりする前の段階で、私は一度、食品を確認している。その時点で私は「あっ、もう古いし、何となく食べたくなーい。でも、まだ食べられるものを捨てるのは忍びないし……」と、そのまま再び冷蔵庫へ入れてしまうのです。

私はこの時、「絶対にこの先、私がこれを食べることは無いに違いない」と、どこかで確信しています。にもかかわらず、意図的に冷蔵庫の奥の方に、押し込んでいる。

案の定、私はそれからしばらく、その食品のことを全く忘却。一カ月後くらいに「これ、ナニ？」などと出してみると……。アワを吹いてたり、カビがはえてたり。「あらあら」などと思いながら食品を捨てる私は、実はホッとしているのです。腐ったり、カビがはえてしまった食品を捨てるのは、しょうがないこと。私はおそらく、「正々堂々と捨てられる時」が来ることを、つまりは食べ物が腐ってしまう時が来ることを、待っていたのだと思う。いわば腐らせるために、冷蔵庫へしまっていたのです。

祖母や母であれば、ちょっと悪くなりそうな食べ物でも、煮直すなり何なりして、また食べることでしょう。しかし私には、それができない。お天道様に申し訳ない行為だということは、重々承知なのだけれど……。

私のような者にとって、家の中はいたるところ、危険だらけです。冬に「網戸の滑りが悪いなぁ」と思っていても、冬は網戸など使用しないので放っておいたら、夏になって全く動かなくなっていて往生、とか。

夜遅く外出先から帰ってきて、脱いだ洋服をたたむのも面倒で「明日やろうっと」

と放置しておいたら、翌日も忙しくて帰りも遅く、その上にまた脱いだ洋服が重ねられ……。ということが繰り返された結果、洋服でできた厚い地層ができてしまい、掘り起こす気にもならなかったり、とか。

トイレの電球が切れたな、とわかっているのについつい買いそびれ、トイレに入る度に「あっ、電球を買わなくちゃ」と思っているのに、出た瞬間に忘れてしまい、何日もの間、暗ーいトイレで排泄していたり、とか。

全ては最初の一回のつまずきが原因になっていることは、わかっているのです。鉢植えに水をやり忘れた。冷蔵庫から出した時に食べなかった。洋服をしまわなかった。……という次の瞬間に手を打たなかったのが、全ての敗因。

最初のつまずきはほんのわずかなものであっても、放置するだけであっという間に状況は悪くなっていきます。最初に血管内に付着した老廃物が次の老廃物を呼び、ついに血栓でバタンという感じ。

私の放置癖は、今に始まったことではないのです。それを最も強く自覚したのは、会社員の時代。学生時代も、決して自分が「すぐやる課」ではないことは知っていたけれど、いざ会社という世界に入ってみると、その性質が一気に、白日の下にさらされたのです。

それはたとえば、何かトラブルが起きた時や、面倒臭い業務の時。自分では処理できないとか、何か調べたりしないとわからない、という時、私はすぐ誰かに聞くなり調べるなりすればいいものを、いつも「とりあえず放置しておこう」とファイルにしまい込んでいた。誰かに聞いたり調べたりするのは面倒だなぁという、ごく単純な理由で。

業務というものは、味噌やウィスキーではないので、ただファイルにしまっておいたからといって熟成するわけではありません。解決されない問題は、手をつけない限りそのまま残り続けるのです。それどころか、放置しておいたせいでさらに事態は難しくなっていることが、ほとんど。

一週間前に誰かに聞いておけば何の問題もなかったものを、一週間放置してしまったがために「今さら聞けない」状態になる。で、さらに放置してしまう。とうとう上司から、

「あれ、どうなってる？」

と聞かれてしまい、

「実は忙しくってまだ……」

と見え見えの嘘を言って、結局上司に尻拭いをしてもらう。……なーんてことがしょっちゅうでしたな。

この放置癖、悪いこととは知っているのです。ですが、「放置する快感」というのも、どこかにあるのですよ。何となく悪くなりそうな食べ物を、冷蔵庫の奥にしまい直して、冷蔵庫のドアを閉めた瞬間。面倒臭そうな仕事の書類を、「とりあえず後で考えるとして……」と、ファイルにしまい込む瞬間。そんな時に私を訪れる解放感といったら！

その快感が永遠に続くものではないことは、わかっています。腐った食べ物はいつか冷蔵庫から取り出して捨てなければならないし、仕事にもいつかはとりかからなければならない。ですが期間限定の快感であるからこそ、私にとっては余計に貴重で、いとおしく感じられる。

モラトリアム人間という言葉が流行ったことがあります。が、私自身は、もうとっくに「モラトリアム世代だからさぁ」などとは言っていられない年齢。だからこそ、家の中で、自分だけの責任において、食べ物を腐らせたり洋服を積み上げたりという小規模なモラトリアムを繰り返してしまう。

なぜかきっちりと原稿の締め切りだけは守ってしまう私にとって、家庭内における放置プレイは地味ーな娯楽、そして勢いっぱいのヤサグレ行為なのかもしれません。

「仲間外れにしたい」煩悩

「実は私、かつてイジメを受けていたことがあるのです」

とカミングアウトする人が、最近は多いものです。しかし、

「実は私、かつてイジメをしていたのです」

と言う人は少ない。なぜなら、「お友達をいじめる」という行為が、いかに悪魔的で非人道的で血も涙もない行為であるかという認識が、近年一気に広まっているから。

「いじめっ子」「いじめられっ子」という言葉を使っていじめ問題が語られていた時代は、まだほのぼのとしていました。しかし、いじめによる自殺者が頻出したりして、事態は深刻化しました。「『いじめ』に遭う」「『いじめ』件数」などというように、

「いじめ」が名詞と化してからは、

「私、いじめっ子だったんだー」

は、おちおち口にできるフレーズではなくなったのです。「ウラミハラサデオクベ

キカ……」と呪われるくらいならともかく、下手をすると、いじめていた子やその親から訴えられかねません。

対して、「いじめられていたことがある」という告白は、何だか格好良く響くようになりました。いじめられていたという告白を聞くと、「ああ、この人は普通の人間よりも、人生の深みというものを知っている人なのだなぁ。きっと、子供の頃から常人以上の特別な何かを持っていたから、かえっていじめられてしまったのだ。将来、大物になるに違いない」と、思うもの。

アイドルだって、

「実はいじめられていたことがあるんです」

と涙目で過去を告白することはウリになりますが、

「ええ、中学時代はトロい子見るとムカついたんで、バリバリいじめてました。とりあえず基本は無視ですね、無視」

という事実は、隠さなければならない。

比率からいえば、元「いじめられっ子」より、元「いじめっ子」の方が、圧倒的に多いはずです。大勢で一人をいじめるのが、いじめの王道。では、そんな大量の元

「いじめっ子」は、今はどこにいるのか、といえば……。

ここにいるのですね。私も、人間を大きく二つに分ければ、「いじめられっ子」よりは「いじめっ子」の部類に入ります。別に、「カネ持ってこい」と友達からカツアゲ、といった派手なイジメをやったわけではありません。

私に言わせれば、もし「いじめたい欲求」のようなものがあるとすれば、その本質が表れる行為というのは、物品を要求するカツアゲ系や、下働きをさせるパシリ系にあるのではなく、誰かを「仲間外れにする」というところにあるのだと思う。

「群れを作りたい」という本能的な欲求が、「家族」「学校」といった団体に所属することによって最初から満たされている私達にとって、次に出てくるのが「誰かを仲間外れにしてより密度の濃い群れを作りたい」という「仲間外れ欲」なのではないか。

そして私も、

「あの子って、フケツなんだよ。だってね、机の中に腐ったミカンが……」

と、「フケツ」というレッテルが貼られた子の陰口を言いつつ白い目で見るとか、

「エーンガチョ！」

とキャーキャー言うといった行為には、参加していた。

私は、決して自分が「フケツ！」のターゲットにはならないように、細心の注意を払っていました。当然、

「あの子って、フケツなんだよ。だってね……」

と友達から囁かれた時に、

「そんなこと言うのやめなさいよ、可哀相でしょ！」

と言い返すことはしなかった。「あの子って、フケツなんだよ」という言葉は、「これから、仲間外れの儀式が始まる」ことを予感させる何かワクワクするような響きを持っており、私はその興味に抗しきれず、

「えーっ、なんでなんで？」

と、話に乗っていたのです。

小学校高学年の時は、友達四人と、ノートを回して交換日記のようなことをやっていました。その中で、いつも書くことがイマイチ面白くないAちゃんに対して他の三人で、

「Aちゃんが書くこと、つまんなーい」

「幼稚よ」

などと、ものすごくストレートな言葉を浴びせていた記憶もあります。

いじめの構造というのは、単純です。「自分がいじめられたくない」から、他の誰かをいじめるのです。自分が「フケツ」と言われるのが恐いから、「フケツなのは、あの子」と、先にターゲットを決めて、自分の身を守る。交換日記も、自分が「つまんなーい」「幼稚」と言われたくないから、Aちゃんをスケープゴートとした。

大人になるにつれ、この手のシンプルなわかりやすいイジメは、なくなってきます。しかし「誰かを仲間外れにしたい」という欲求は、そう簡単に消滅するものではない。

たとえば、エアロビクスを趣味とする友人は、

「常連じゃない人が、スタジオの一番前で堂々と踊ってたりするとついムカついて、踊りながら幅寄せして、隅に追いやろうとする」

と言っていました。また料理教室に通う友人は、

「先生に一人だけベタベタするような人がいると、他の生徒みんなで無視する」

と言っていた。

なぜ、仲間外れという行為はなくならないのか、と考えると、誰かと仲間外れにしている最中の人というのは、ある種の快感を確実に感じているからなのだと思う。

それは、正義感がもたらす快感でもあります。「あの子ってフケツ！」と友達を仲間外れにした時、私達いじめっ子は、完全に正義の側に立ったつもりでいました。潔癖に敏感なお年頃の女子小学生にとってフケツは大罪であり、フケツな人はしいたげられて当然。今やろうとしている仲間外れ行為は、「イジメ」ではない。この世からフケツを退治するための聖戦であり、これはフケツな子のためにも良いことなのだ！と、自分達の正義感に酔いしれていた。

さらにそれは、「安全地帯に逃げ込むことができた快感」でもあります。喫茶店に入ったら、その直後に急に大雨が降ってきた、という時。雨に濡れながら走る外の人を、快適な喫茶店から眺めると、何となくいい気持ちになるもの。

これは、「あの人は濡れているのに、私は濡れていない」から生まれる快感です。濡れながら歩く人が存在するから、安全地帯の有り難みは、いや増す。

「とりあえず自分以外の人が、仲間外れになっている」という事実は、自分が雨に濡れない喫茶店にいるようなものなのです。「ふーう、よかったぁ……」と、肩の荷を下ろしたような気持ちになるのですね。

大人の仲間外れ欲求は、ごく普通の行為の中にも、見てとることができます。たとえば「内輪話が好きな人」というのも、仲間外れ欲求の強い人なのではないかと、私は思うのです。内輪の人だけがいる場所で内輪話をする分には全く構わないのですが、内輪以外の人がいる場でも、内輪話を好んでする人がいるもの。

それを「鈍感な人」と言うこともできます。しかし彼等は、ただ鈍感なだけでなく、「内輪ではない人の前で、あえて内輪話をし、その人を『蚊帳《かや》の外』状態にしたい」という意図も、確実に持っているのだと思う。

内輪ネタに乗ることができないために曖昧な微笑を浮かべるしかない「とり残された人」の存在は、内輪話好きな人にサディスティックな快感を与えます。その人が困ったような顔になればなるほど、内輪話好きの人は、楽しく内輪話に興じることができるのです。「とり残された人」の視線がそこに存在することによって、内輪だけで内輪話をする時より大きな興奮が、得られるのでしょう。

繰り返しになりますが、誰かを仲間外れにするという行為は、いけないことです。しかしそれは、決してなくならない。大人になっても、また国同士でも、やっていたりする。そしてそこには、本能的な欲求、の匂いもする……。

ああ、そんな本能に、「イジメはいけません」という理性が、勝つことができるのか、かつてのイジメっ子としては、懺悔の気持ちも込めて、イジメ撲滅を祈ってはみるのですが。

「肉体を露出したい」煩悩

二十五、六歳の頃、「私が人生で最も痩せていた時代」というのが、ありました。
大学を卒業して会社員になり、それまで体験したことのないタイプのストレスを感じるようになると、私は「喰い」に走りました。会社から帰ると、食事は済ませているのにまず冷蔵庫を開けて食べ物を物色する……という生活をしているうちに、結構ムチムチした体格に。

しかし二十五歳で会社を辞め、ストレスの原因が除去されると、一気に食欲が減少。結果、特に何も努力することなく、一年で五キロ以上、痩せたのです。すなわちその瞬間こそ、「我が人生、最細の時期」。

今思うと、その頃の私は、とっても露出好きでした。痩せているのが嬉しくてたまらず、「これを露出しないテはない」とばかりに、スカートはミニ、水着はビキニ。パンツ（ズボンの意）をはく時も、身体にフィットしたラインのものしか選ばなかった。

ボディをコンシャスした衣服ばかりを身につけながら私は、

「ああ、人間には露出欲ってものがあるのだなぁ」

という感慨にふけったわけです。

ムチムチ時代は、下っ腹が隠れるような丈のジャケットを、好んで着ていました。腹と尻をジャケットで隠すことによって、「これで私がややデブだってことはバレないに違いない」という安心を得ることができたから。でも後から聞いてみたら、周囲の人にはバレバレだったらしいのですが。

ところがいざ痩せてみると、自分が痩せていることを自慢したくてたまらない。誰かから、

「細いねー」

なんて言われると、

「えっ、そんなことないですよぅ」

などと言いながらも、内心は「ワーイワーイ！　私って痩せて見えるんだーっ！」

と小躍りして喜んでいた。

これはおそらく、私が「かつてムチムチだった」という過去を持つからこその心理

なのだと思います。人生で一回も太ったことのない、どんなに食べても太らない的体質の人は、あえて瘦せて見えるような格好は、しません。瘦せているのが当たり前なので、見せびらかそうと思わないのですね。先祖代々お金持ちという人が、絶対にそのリッチぶりを自慢しようとしないのと同じ。

私のように「かつてムチムチだったことがある人」というのは、「瘦せている」という事実に慣れていません。急にお金持ちになった人が、宝石だ外車だとその成金っぷりを見せびらかすように、私も「おらぁ瘦せてるっぺ！」と、主張したかったのです。

思い起こせば、「人生最細の時期」以前から、私には露出好き傾向がありました。ムチムチ期よりさらに前、大学時代に水のスポーツをやっていた私は、筋肉自慢の女子大生。腕を上げるだけで立体的な陰影を作り出す上腕二頭筋と僧帽筋がよく見えるように、上半身はタンクトップ。階段を上がる時に力がみなぎる大腿四頭筋にヒラメ筋を誇示するために下半身は短パン、というのがお気に入りのファッションだった。

それは「胸の谷間を誇示」とは違う種類の露出欲求ではありました。胸の谷間を誇示した時に得られるであろう、直接的な利益にも結びつきはしなかった。が、

「いい筋肉してるねぇ」

などと言われた時に得られた喜びは、胸の谷間を誇示して異性が寄ってきた時の喜びと、そう違うものではなかったようにも、思うのです。

露出欲求は、誰にでもあるのだと思います。真っすぐで絹糸のような髪質に自信がある人は、どんな髪形が流行ろうと、ロングのサラサラヘア。

「あなたって、髪がきれいね」

と言われることで、誇りを保つ。

脚線美が自慢という人は、やはりミニスカートをはく頻度が、普通の人よりは高くなる。額が自慢の人は前髪を上げる髪形が多くなるし、首の長さが自慢の人は、そこに人々の目が集まるように、チョーカーを巻くのです。

露出欲はもちろん、女性だけのものではありません。スポーツジムに行けば、素晴らしい筋肉を持っている男性はたいてい、乳首すら見えそうなタンクトップ姿。その手の人は、痩せっぽちなのにタンクトップを着ている男性がいると、「ケッ、たいした身体でもないのにタンクトップ着てるんじゃねーよ」って思ったりするらしいですね。

さらには、ビキニの男性水着。愛称、じゃなくて通称「ドーダパンツ」とはうまく言ったもので、まさにあれは「どうだ！」と主張されているよう。中には尻の割れ目が隠れないほどの小さな水着の人もいて、「そこまでギリギリにしなくても……」と、目のやり場に困るものです。

私達はなぜ、肉体を露出したくなってしまうのか。肉体を露出すること自体が楽しいのならば、露出欲を持つ人にとっては、ヌーディストビーチが理想郷なのか。

……と考えてみますと、やはり私達はヌーディストビーチには行きたくないのです。露出というのは、一方で隠蔽《いんぺい》されている部分があるからこそ、意味を持つ行為です。露出部位を見せつけることによって、すぐ隣にある隠蔽部位にも興味を抱かせたい、という欲求が、露出行為の奥底にはあるのではないか。だから全てを露出してしまった途端、「露出」の意味は失《う》せるのです。

肉体の露出は多くの場合、異性（と言うより、性愛の欲求対象）に対してのアピールとなります。「こんなにいい身体、してまっせ」ということを知らしめるための、行為。クジャクが羽根を広げるとか、鶴の求愛ダンスとか、その手の行為と同じ意味を持つのだと思う。

自分でも露出欲求を持っているにもかかわらず、他人があまりにも意図見え見えの露出をしているのを見るとイライラするのは、そのせいかもしれません。つまり「あの人に縄張りを荒らされてしまうかもしれない！」という、危機感。

若い娘さんが、パンツが見えそうなミニスカートに高い靴をはき、おぼつかない足取りで歩くのを見ると、私などは、

「あんな下着みたいな格好、『犯して下さい』って言って歩いてるようなものよねェ」

と眉をひそめます。が、その不快感というのは倫理的なものでなく、生物学的な危機感からきているものなのかもしれないなぁとも、思うのです。

露出欲求を持つ者は、他人の露出欲求に敏感です。ですから、「あっ、この人って自分の脚がきれいだって思ってる」とか、「このおにいちゃん、こんなピチピチのTシャツを着ているのは、肉体自慢だからなんだわ」と、ついつい思ってしまうもの。

だからといって、

「あの人ってさぁ、自分の脚がきれいだって思ってるよね」

などと陰で囁いたり、

「あなたって、自分の脚に自信があるんでしょ」

と本人に対して言ったりしては、いけないのです。それは、自らも露出欲求を持っている者としての、最低の礼儀。

そりゃあ私だって、

「私、自分のことキレイだなんてぜっんぜん、思ったことないし。自分の顔って子供の頃から嫌いで……」

と言う美人に対して、

「嘘つきやがれーッ！　美人だって思ってるクセにッ！　整形したいって思い詰めたことあるのかッ！」

と大声で叫んでみたいさ。しかしそれをしないのが、この世の約束。そういった思いやりによって、私の露出欲求ものびのびと放出することができたのだから。

「肉体を見せびらかしたい」という気持ちの裏には、異性に対するアピールという意味の他にも、ごくシンプルな「見られて嬉しい」という気持ちも、存在します。お気に入りの肉体を多くの皆様にお披露目したい、自慢の部位に人々の注目が集まることが気持ちいい……というライト・ストリップ感覚とでも申しましょうか。もちろん私もかつては、「見られて嬉しい・気持ちいい」という感覚を、味わって生きてきた。

「人生における最細期」をとっくに過ぎた今ではありますが、若い人達の露出欲求を素直に認めることによって、過去の恩返しをしているような気になる、私でございます。

あとがき

身体は強いが、心はいたって弱い私。とはいっても「繊細で傷つきやすい」という意味で弱いのではなく、煩悩に対する抵抗力が著しく少ない、という意味において。

今回、このように自らの煩悩の数々を並べてみると、そこにはある共通性があるような気がしてきました。つまり私にとって煩悩というものは常に、「快感」とセットになっているのです。「気持ちよくなりたい」という本能のようなものが、時には私の精神の安定を妨げ、時には悪事に駆り立てる。私は快感に弱いのです。

快感を堪能した後にやってくるのは、「バチ」とか「ツケ」といったものです。食欲の充足に伴う快感に素直に従ってしまったがための肥満、性欲の充足に伴う快感に素直に従ってしまったがための妊娠や性病。……といったところがよく知られたものでしょう。

この本において並べたてたような煩悩を満足させた後にも、バチやツケはやってきます。それは私に、痛みや後悔をもたらすもの。……なのだけれど、なぜかその痛みや後悔はどこか、いとおしくもある。

堕落することによって得る一時的な快感と、その後にやってくる後悔。その連続は、蚊に刺された時に「掻《か》いてはいけない！」と思いながらも我慢できずに掻きむしった末に掻きこわしてしまって流血、「アーア」と思う流れと似ています。

掻きむしった部分は、皮膚に痕《あと》となって残ってしまうかもしれません。が、その血と痛痒《いたがゆ》さを憎むことは、どうしてもできない。後のことなど考えず、欲求に従って痒《かゆ》いところを掻きまくった瞬間の、甘美な記憶が残っているからです。

子供の頃に持っていた「ズル休みしたい！」という煩悩は、今は消えました。しかし、だからといって、煩悩の総量が減るわけではない。歳をとればその歳なりの煩悩がムクムクと湧いて出て、いくつになっても煩悩と無縁ではいられないのです。

これから先、どんな煩悩に出会うのか。そして、それに伴う痛痒さとどのように向き合うのか。それは、生きていく上での、ちょっとした楽しみでもあるのです。

最後になりましたが、この本を作るにあたっては、カバーイラストを描いて下さった斎藤ひろこさん、一生懸命に編集作業をして下さった幻冬舎の風間詩織さんに大変お世話になりました。最後まで読んで下さった皆様へとともに、御礼申し上げます。

平成十四年　初夏　　酒井順子

解説——サカイ海軍士官

鷺沢萠

酒井順子さんをはじめてお見かけしたのは、もう数年は前のことになる。とあるパーティー会場の奥のほうにいた私は、少し遅れて会場に入っていらっしゃった酒井さんを目ざとく見つけた。

私は酒井さんのコラムの愛読者であったので、面識もないくせに勝手に「あッ、ニューヨーク在住のジューン・サカイだ！」などと思って（このネタが判らない人は、他の酒井作品も読みこんでください）、ミーハー根性で近づいていった。最初はあわよくば誰かに紹介してもらおう、などと考えていたわけだが、人を押しのけながら会場入り口のほうへ近寄っていき、酒井さんのお姿が間近に見えてくるにつれ、私の中のミーハー根性は青菜に塩状態で急速に萎縮していった。

そのとき酒井さんは紺系のスーツをピシッ、と決めていらしたのだが、胸元に覗く真っ白いシャツの襟、金属フレームの眼鏡、全体的に漂う、華奢《きゃしゃ》ではあるが、どこかに一本筋が通っている感じの雰囲気に、私はおそれをなしたのである。その気持ちをうまく説明することはできないのだが、私はなんとなく以下のように思ったのだ。

――なんか……、もしかしてアタシ叱られちゃうかもしんないな……。

たとえて言うなら、自堕落な生活を送りながら毎回毎回その場しのぎの嘘で兵役をどうにか逃れて暮らしている若僧が、自分とさして年齢の変わらない海軍士官に出くわしてしまったかのような感じ。しかも相手の海軍士官は上流の出だからコネを使えばいくらでも兵役逃れができたはずなのに、それを潔しとせずに自ら率先して入隊したと思われる。それに較べこちらは豪農もしくは土地成金等の家に生まれ、ちゃんとした職を持っているわけでもなければ家にいて使えるわけでもなく、いわば親の情けで家に置いてもらっているボンクラ次男あるいは三男。

――不摂生は自分を殺すもんだぞ……。

――人間、いつまでも夢の中にいられるものじゃないんだぞ……。

海軍士官はボンクラ次男に向かって、決して非難がましくはないが苦渋混じりの、その上どこか寂しそうだが優しい口調でそんなことを呟《つぶや》きそうで、私は瞬間的に足を止めた。

――ちぇ、やっぱ国民の義務くらいは果たしときゃ良かったな……。

ワケの判らないことを呟きながら、ボンクラ次男はそそくさと後ずさりしてそのまま酒井士官から離れたのだった。

本書を読めば自明のことだが、酒井さんご本人は自身を海軍士官になぞらえたりは決してしないであろう。海軍士官は恋人の手帳を盗み読みしたい煩悩や他人の持ち物が欲しくなる煩悩に悩んだりはしないものだし（たぶん）、マヨネーズだろうがカップラーメンだろうが自分が「食べたい」と思えば何でも堂々と食べるものだ（たぶん）。

酒井順子の筆による「酒井順子の生活」は、海軍士官というよりは、どちらかといえばボンクラ次男のそれに近い。中でも深い共感とともに私を唸《うな》らせたのは、「後回しにしたい」煩悩、の項。

――ハウスをどうしたらうまくキープすることができるか。一人暮らしを数年やってみてわかったのは、「あっ、これをやらなくては」と思った時に即やることが、「グッドハウスキーピング」の秘訣であろう、ということです。

そうなんです！　そのとおりなんです！

けれど酒井さんは続ける。

――秘訣はわかった私でしたが、残念ながら実行力は伴いませんでした。

そうして酒井さんは何のてらいもなく、「冷蔵庫の中に発生しがちな不思議な生物」や「脱いだ服によって堆積《たいせき》されていくオソロしい地層」などについて語っていく。

これらの話を読んで、私は思わず心の中で叫んだ。

――しっ、士官！　士官はもしかしてウチを覗き見しておられるんでありますかっ？

なぜなら私のウチでもまた、まったく同様のことが起こるからである。

ウチの場合イヌがいるので、ハム・ベーコン類はまだマシかも知れない（そういう意味ではウチのイヌは「賞味期限切れの食物で育ったイヌ」であるとも言えよう）。危険なのはやはり容器に入ったブツで、一度など、冷蔵庫に放置したタッパーの中で繁殖したカビの生長のイキオイがあまりにも良すぎて、タッパーのフタが盛りあがってしまったくらいである。

地層のほうは、ウチの場合はソファの上に堆積していくことが多い。「坐る」という本来の使用用途はまるっきり無視されているので、可哀想なソファであるとも言えるが、ヘタに坐ろうとするとハンガーの針金が尻にぶっ刺さる危険性も大だ。着たいものを探すのは金脈を掘るのにも似て、やっと探しあてた金脈がいつの間にか潜伏場所をソファの「上」から「下」へと変えていて、着ようとしていたセーターがイヌの毛まみれだったりした日には、ショックのあまり外出する気力も失《う》せようというものだ。

さて、ここで自然と、ひとつの大きな疑問が湧く。

なぜ、海軍士官はボンクラ次男のこのようなだらしのない生活をこんなによくご存知なのだろうか。

答えは簡単で、それは酒井さんが海軍士官ではないからだ。だが私から見ると、海軍士官を連想させるほどの、ある種の責任感さえ内包した清潔感の漂う外見をした女性が、エロ話に興じていたり他人の便秘解消を妬《ねた》んでいたり家の中でカビを生育していたりする、というのは、「信じがたい」という意味においてほとんど奇跡ですらある。

そのようなことを考えはじめていた矢先、もう一度酒井さんにお目にかかる機会を得た。その日はグレーのニット姿でいらしたので、数年前よりは声をかけやすい感じではあったが、やはりご本人から醸し出される雰囲気は「海軍士官」のそれだった。

話しかけると士官は軍人らしからぬ（だから軍人じゃないんだってば）気さくな笑顔で応《こた》えてくださった。人を見下ろすところのない、丁寧な話し方も軍人っぽくなかった（だから何べんも言うけど軍人じゃないんだってば）。

あ、そうか！　なーんだ！　軍人じゃなかったんじゃーん！

などとうっかり馴れ馴れしくしたあとで、実は民間に紛れて任務を遂行している高級将校だった、等の事実が知れるとマズいことになるので、ここはひとつ、ご本人に直接伺っておいたほうが賢明というものだろう。

士官（まだ言っている）！　士官はほんとうに士官ではないのであらせられますか。

――作家

この作品は一九九九年十一月小社より刊行されたものです。

煩悩《ぼんのう》カフェ

酒井《さかい》順子《じゅんこ》

平成14年6月25日　初版発行
平成19年2月20日　8版発行

発行者――見城徹
発行所――株式会社幻冬舎
〒151-0051東京都渋谷区千駄ヶ谷4-9-7
電話　03(5411)6222(営業)
　　　03(5411)6211(編集)
振替00120-8-767643
印刷・製本――株式会社 光邦
装丁者――高橋雅之

幻冬舎文庫

ISBN4-344-40242-1　C0195　さ-7-2